蝴蝶
Seba

蝴蝶
Seba

蝴蝶

Seba

蝴蝶
Seba

蝴蝶館 61

望日

蝴蝶*Seba*◎著

elegantbooks

楔子

一直生長在溫暖的亞熱帶，從來沒想過暴風雪的崎嶇山間是如此寒冷……簡直是冷到骨髓裡，硬生生的啃噬每一絲的體溫。

漸漸的，寒冷的感覺隨著體溫的喪失而漸漸麻木，疲倦和睡意比暴風雪還猛烈的席捲而來。但她知道，一旦屈服，就會死……雖然這只是個非常擬真的全息[1]網路遊戲，但死亡總是很不愉快的——表示她辛苦的跋涉都成了白費，一切都要從頭開始。

她已經爬這座雪峰爬得很煩了。

當然，她也可以放棄這個天殺的任務，忍氣吞聲去別的城市生活，或是乾脆花點

1：全息，即指可產生立體視覺的影像技術。

小錢轉伺服器……比方說去曼珠沙華[2]。聽說風景很不錯，也不用一上線就緊繃精神怕被人殺了……

當初她就是蠢，蠢到會相信男人的話。男朋友一說「我會保護妳的」，就感動得跟個白痴一樣，乖乖跟來這個無時不刻都在打打殺殺的鬼地方，還當一個戰鬥力最低的「大劍師」，替男朋友當苦役……

見鬼的大劍師。講得那麼好聽，也就是個打裝備打武器的鐵匠，全涅盤狂殺十九個職業，大劍師高居第十九，比補師[3]還低。根本就是別人眼中的肥肉，哪天不被殺個一兩次都覺得是個反常的節奏。

她咬牙把等級熬到等級和職業雙封頂[4]，打出精美宛如藝術品的裝備和武器養男朋友……對不起，前男友，最後得到的卻是，前男友跟公會主補[5]跑了，順便獲得許多抹黑和排擠。

發現一張嘴爭不過N張嘴，人家有親友團和騎士團，她為了逆風挨殺中熬等級職業兼有男朋友，連眼角都不曾撇過半個男人……她馬上閉了嘴省些口水，關閉公會頻道[6]，但死也不肯退公會。

開玩笑，退了公會，怎麼知道那個混帳男人和偽裝友善的混帳女人在哪張地圖？現實中她不想更白痴的為那個混帳犯殺人案，在這光明正大打家劫舍有理，殺人放火無罪的涅盤狂殺還不為所欲為？

那傢伙不是說她粗魯脾氣壞，完全是個野蠻女友嗎？既然喜歡睜眼說瞎話，乾脆讓你預言成真豈不是更好？

所以她才來爬這座該死的山，因為這裡有個很困難的職業任務，通過了她有希望可以轉職成「劍尊」或「刺客」，就可以從墊底的攻擊排行躍居前五。

前幾次，她失敗了。因為她生長在溫暖的台灣，連雪都沒看過，甚至山都沒爬過

2：曼珠沙華，本作設定的一個遊戲名稱，另有涅盤狂殺與地獄之歌，本作即發生在涅盤狂殺。

3：補師，遊戲中以恢復生命值（也就是補血）為主要功能的職業統稱，亦暱稱為奶媽。

4：封頂，角色等級達到遊戲設定的最大值。

5：主補，主要補師的簡稱，通常指公會中補師的領導者或最精通治療職業的玩家。

6：公會頻道，遊戲中玩家使用的溝通介面之一，公會頻道限定為只有該公會成員可使用。

幾次……理所當然的失敗了。一來是凍死多了有經驗，二來是離線醒來後狂查資料，逛登山專門店，虛心討教，終於讓她半生不熟的搞明白怎麼攀登雪山，帶足了補給，尋找那個很難找的難近母……聽說只要找到難近母，若是能破除她給予的難關，就可以踏上轉職的第一階。

機會很渺茫，涅盤狂殺成功轉職的很少，難近母又不是固定在某地，而是在廣大的雪峰不住浪遊。但對一個燃燒著復仇怒火的女性來說，真的沒有什麼能難倒的。

風雪中，尖銳的怒吼和刀劍相撞的聲音隱隱可聞，甚至還有些血腥味道。

她有些詫異，低頭看了看萬象手鐲[7]的地圖……這是一個難近母比較常出沒的點。誰吃飽了沒事幹跑來挨凍相殺？想殺人山下溫暖得多，種類繁眾任君選擇……何必來這個只有大劍師職業任務的荒僻地點？

考慮了一會兒。或許這是難近母的劇情任務之一？她一直覺得奇怪，這個擬真到連凍死人都無比逼真的全息網遊，擁有過多太愛演的ＮＰＣ[8]，讓她一直摸不著頭緒。

她也不是第一次看到ＮＰＣ間打架廝殺。有時候想交個任務還得等ＮＰＣ勝利生還才有機會湊過去——城門失火殃及池魚，她已經被殃及到學乖了。頭回發生這種不科學爭鬥，她還傻傻的站在旁邊看，結果人家一招範圍攻擊她就躺了，之後立刻明白何謂明哲保身。

找呢，是一定要找。但還是遠遠的看清楚情況再決定怎麼辦吧……

結果一靠近，她傻眼了。的確是她任務目標的難近母，但已經快死了……雖然說挑戰她的魔劍玩家也快趴了。

她很為難。

在這個人人自危，不是殺人就是被殺的涅盤狂殺，誰都學會了自掃門前雪。正確的做法是靜觀其變，等兩敗俱傷的垂危再來個補尾刀，剛好拿到一個Boss和玩家的大豐收，這才是聰明的修羅。

7：萬象手鐲，本作中查詢遊戲介面的工具名稱。

8：NPC，Non-Player Character，遊戲中非玩家所扮演，由預設劇情腳本決定行為舉止的角色。

但她一直不夠聰明。要不然怎麼會被人甩了還抹黑得亂七八糟，順便給人殺了好幾次當娛樂？

救人不如救蟲。她心底嘀咕著。但嘀咕歸嘀咕，她還是硬著頭皮衝過去坦住快要狂暴的難近母，將一捆繃帶和金創藥丟給那個魔劍，對他吼，「別殺我！」然後悶頭讓狂暴的難近母揍。

喘過氣來的魔劍立刻凝氣於劍，對難近母痛下殺手，終於擊敗了難近母。

頭破血流的望日警惕的倒退幾步，趕緊吞金創藥，舉起雙手表示沒有敵意。

別開玩笑了。魔劍在涅盤狂殺是數一數二的高破壞力……雖然皮薄也是稱第二沒人敢稱第一的。說穿了魔劍就是近戰法師，將魔法附著在武器上砍人的，又有幾種遠距法術，還能隱形飛遁……很難應付。

只是很難練，小時候都是被殺好玩的。不知道是否等級低的時候有陰影，長大都是殺人狂……殺她最多的職業就是魔劍。被砍個幾次就把她唯一還可以的防禦都破得歸零，就知道魔劍有多萬惡。

但這個魔劍卻只是抬起薄葡萄酒紅的眼睛，看了她一眼，淡淡的問倒在地上的難近母，「我的試煉通過了嗎？」

難近母霧化而起，媚笑如絲，「當然。」

……原來他在過任務。但是魔劍還能轉職嗎？都這麼可怕的破壞力了……還想轉職成啥？裝甲坦克？航空母艦？夠了。

「那她的呢？」魔劍又往望日的方向一指。

她愣愣的指著自己鼻端。我？我還沒跟難近母講到話呢！我哪來的任務啊我……

「雖然覺得她的性子比較適合當個劍尊……」難近母本來像個黝黑帶邪氣的美人兒，眨眼間卻成了明媚妖嬈的絕色，風雪也瞬間平息，陽光普照，雪地光亮得宛如琉璃世界，「但她的心又陰晴相映，聖邪交纏……還是當個複雜的刺客吧。」

……咦？？？？！！！

就這樣，望日莫名其妙的轉職成刺客。那個魔劍據說得到一招威力「不錯」的法術。

……殺人狂的標準果然不一樣。可以轟掉一人高的花崗岩還只覺得「不錯」而已。

但那位名為「雨弓」的魔劍卻沒放過她，把她留在凍死人的山上特訓了幾天。

「哼哼哼，」有些陰沉的雨弓冷笑，「我不欠人恩情，快快了結為好。」

「你不殺我我就謝天謝地了，並沒有要你還。」望日悶悶的說。

「這決定在我不在妳。」雨弓淡淡的，「誰讓這是個弱肉強食，拳頭就是真理的世界呢？」

望日有點悶，有點悶。她承認雨弓是個厲害的戰鬥天才，但要求她立刻成為高手……有很大的困難。

但也不得不說，的確是有收穫的。她自覺進步神速，但雨弓卻只是搖頭，「妳現實中大概也是四體不勤五穀不分的大小姐吧？」

「我不是大小姐。」望日沒好氣的回答。

「哼哼。」雨弓還是那種標準冷笑，「妳就算轉職，也不可能了卻心願。」

望日沉默了。特訓很無聊，她又是嘴巴有點閒不住的人。在現實中很壓抑，虛擬又沒交幾個朋友，往往都會自言自語。雨弓雖然愛理不理，但她自言自語的聊天時也沒叫她閉嘴，偶爾還會搭腔一兩句，結果就是把自己的復仇心願交代個徹底。

「妳不如去學個跆拳道之類的，體術或兵器。花架子也沒關係，重要的是，妳要先了解怎麼協調四肢。在全息網遊依賴招式不會有什麼大出息的。」

之後雨弓沒再理她，她也不曾主動和雨弓連絡，卻不得不承認這個傢伙真的很睿智，是個高手中的高手。

現實中，她去學了女子防身術，練得雖然有點二二六六，但領悟了不少。在虛擬的涅盤狂殺更能融會貫通，不再是會走路的ATM[9]。

三個月後，她證明了雨弓的理論——在眾目睽睽的副本[10]門口擊殺了前男友和公

9：ATM，玩家之間的嘲諷語，形容對戰能力低落，只能任人予取予求，宛如提款機的玩家。

10：副本，線上遊戲中的某些特定區域，因具有特殊怪物或是任務，容易引起玩家過度集中，引發各種糾紛，甚至導致伺服器超載。為分散玩家活動減輕伺服器負擔，遊戲公司使用副本機制建立遊戲區域，區域內容完全一致，但每個進入該區域的玩家隊伍，實際上均在各自的專屬地圖中活動，彼此無法干擾。

會主補，縹緲的脫離公會團隊的追捕，然後從城外追殺到城內，守在重生點[11]，一離開安全範圍[12]，前男友和公會主補都成了同命鴛鴦，雙雙魂歸重生點。

公會趕來護航保駕，算是換得一時平安。但是總不可能永遠身邊都有大批人馬保護，只要落單或七人以下，就會被如鬼似魅的望日狙擊，雙雙慘死。被守重生點守到有人過來幫忙為止。

公會終於突破盲點，把望日踢出公會。望日面對無數的謾罵卻沒有一句辯解，只是漠然的執行殺戮，目標永遠是那對同命鴛鴦。

打家劫舍有理，殺人放火無罪，不是麼？甩了我沒關係，講開了，大家好聚好散。何必玩樂似的聯手痛宰我，刻意抹黑排擠，從虛擬到現實？

誰都不給我公道，沒關係。我自己討個公道出來。

你不是說我是野蠻人嗎？孩子，你還不清楚什麼叫做「野蠻」呢。

就抗壓力來說，實在這個男人不如望日。涅盤狂殺中打不過望日，只能非常丟臉的頻頻求救。被殺了幾天就受不了，跑去望日就職的補習班拍桌子咆哮，還試圖動手……卻被望日摔了一個狗啃泥。

「再這樣我要報警啦。」望日淡淡的，「光天化日跑來非禮，還有沒有王法？」

「妳、妳顛倒黑白！」這男人好看的臉扭曲，摀著鼻子吼。

果然好看的男人都不值得信任。當初怎麼會瞎了眼惑於美色？望日感慨萬千。

她連話都懶得講，指了指櫃台天花板上的監視器，前男友立刻鳴金收兵，灰溜溜的走人了。

但她從來沒想過要以德報怨。涅盤狂殺才不跟你講這套。

所以她愉快的磨好短斧飛鏢和長戟，毫不懈怠的做「每日任務」，連本帶利（還是九出十三歸的高利貸）「以牙還牙」，追殺這對同命鴛鴦。

原本她覺得殺到煩就住手，但沒想到這兩個堅持不到一個禮拜，就倉促轉服了，讓她很遺憾。

11：重生點，遊戲設定角色死亡後固定復活的地點。

12：安全範圍，遊戲中規定不得對其他玩家發起攻擊的區域。

望日

蒙面的少女刺客穿著暗沉沉的披風幾可委地，兜帽低低的，幾乎看不到面容。

和她敵對的是個燃血狂暴的弒神者——簡單說是狂戰[13]一流的人物。血厚攻高速度快，是所有薄皮的剋星，貼上來就會被黏死。

或許吧。覆面下的面容悄悄的彎起一絲笑意，只是異常冰冷。當弒神者用自強號般的狂烈和迅速逼近時，她的冰冷也漸漸化為霜樣的冷靜。

當巨斧迎面劈來時，她扭腰後仰，彎成一個接近平行地面不可思議的柔軟角度，險險的避過這一招，覆面卻破裂，露出修羅少女濃豔的臉龐，並且噴出小小血泉。

果然刺客就是要搞暗殺的，正面對決不是強項。

她甩出夾在指縫的飛鏢，逼得弒神者倒退一步，藉機遁入陰影中。雖然知道也就只能搶到兩秒的時間，但也夠用了。

取下背上的巨弩，她將一把長槍當作箭矢，射向弒神者想把他釘在柱子上，卻被機警的躲過，長槍離弒神者約半尺之遙。

「哈！哈哈哈！我看妳這小賤人還有什麼招！」弒神者囂狂的大笑。這招「彎弓向天」是皮薄刺客的大絕，現在早早交了大絕，看這個小婊子還能怎麼樣……用那可愛的小匕首搔癢嗎？

少女刺客卻只微微笑了笑，迅雷不及掩耳的合掌，引爆了在弒神者面前的長槍，爆裂傷害加上武器碎片的加成傷害，比起挨了散彈槍也沒差很遠……並且附帶致盲效果兩秒。

兩秒，就很夠了。

她撲上前，巨弩在電光石火間瘋狂變形，最後成了一把像是巨大丁字鎬的奇形武

13：狂戰士，北歐神話中的berserker，以不畏疼痛與受傷，極盡瘋狂的戰鬥方式聞名，許多遊戲以其形象設定角色職業。

器，騰空揮舞，由上而下的給予弒神者巨創，爆擊加成[14]附帶遲緩暈眩效果。

弒神者奮力抵抗，不斷戰吼[15]增加自己的攻擊力直到狂暴[16]，免疫一切負面效果[17]，並且重擊刺客的多處要害，眼見就要將刺客擊殺，他的興奮更助長了狂暴的程度，甚至不在乎刺客的武器又再次變形。

等他驚覺時，才發現自己狂暴到過頭了，防禦已經降到一個危險的低點。而刺客的武器又恢復為巨弩，後空翻離他遠些就果斷按下，代替箭矢的長槍如死神的口哨，呼嘯著將防禦接近零的弒神者釘在二十尺外的牆上。

長槍爆裂，殘血的刺客微笑著得到了這一次的勝利。

離開競技場，弒神者忿忿不平的攔住她，咆哮著要再挑戰，正大光明的，而不是這些偷機取巧的雕蟲小技。

少女刺客不甚感興趣的抬抬眼皮，「話多而愚蠢的人就會失去勝利。我想你還沒有覺悟。」

「……臭三八，狗娘養的！」弒神者暴跳如雷，「難怪妳男朋友不要妳！我說是個人就不會對妳有絲毫興趣……」

原本她不想計較，但是人家已經在問候她娘親以及相關女性親屬了。

所以她如鬼似魅的欺近那個明顯失去理智的弑神者，惡狠狠的抬起膝蓋，讓他了解男人的弱點不但脆弱、易於攻擊，痛起來也很致命。

當然，她也收到了系統警告。所以她默默走開，而不是多踹幾腳在禍根上面。

沒辦法，她身在修羅殿。這是涅盤狂殺最大的建築物，也是非常有名、具有唯一公信力的競技場群。涅盤狂殺哪裡都能打打殺殺，要下剋上的打城主也可以……不怕城主狂暴後屠城的話。

14：爆擊加成，爆擊意指給予目標超出固定數值以上的傷害，意同致命一擊。在玩家的屬性數據中，可造成多少這種超出的傷害量，即稱為爆擊加成。

15：戰吼，玩家技能，是狂戰士類型角色會使用的能力，用來增益本身能力或給予目標負面效果。

16：狂暴，從狂戰士瘋狂作戰的特色延伸而來的角色能力，一般設定成降低本身的防禦能力來提高殺傷力。

17：負面效果，前述之致盲、遲緩、暈眩等皆屬之，即造成對方各種不利狀態的效果。

但在修羅殿不行。這是個公開的競技場，所有參與競技的玩家都不能在此動武。剛剛她把最後一個額度用掉了……一個禮拜系統只給五次警告的機會，再多會積分歸零，驅逐出修羅殿。

算是很嚴重的懲罰……起碼對她來說。

唔，她進了前五十名，已經在排行第一頁了。但她其實不太關心，而是算算自己的積分貨幣，準備去購買靈魂綁定[18]的裝備。

這其實才是她會投身競技的主要原因。

涅盤狂殺是曼珠沙華遊戲群第三個開服的，風格一言以貫之，「殺殺殺殺殺殺殺」。安全區小得可憐，只有重生點的光環區，一離開就要繃緊精神。

其實台灣人玩的不少，但是照比例來說，完全被大陸人比了個壓落底，連韓國人都比台灣多……很奇妙的現象。大陸人還比較容易了解……東方武俠風、ＰＫ[19]無罪，搶人有理，不玩都對不起自己剽悍的民族性。

但韓國人卻會不惜動用到官方內建的翻譯外掛[20]，有點辭不達意的來這兒和人打打殺殺，嘴巴嗆人和動手都輸人不輸陣……超詭異的。

也許吧。韓國人剽悍不在大陸人之下，這種殺戮生涯值得樂此不疲。望日呢？

其實沒那麼愛打打殺殺。她性子是比較倔強一點，但也還沒到滅絕師太的地步。她只是很煩這種毫無目標和意義的殺戮——追去地獄之歌繼續痛宰那對X男女……她又覺得挺懶的，更沒意義。

但感應艙[21]的頭期款都花了，還有五年的貸款要繳，又不能退貨。原本吧，轉服去曼珠沙華比較適合……但是那對X男女都走人了，前公會卻對她群嘲，沒事搞圍

18：靈魂綁定，遊戲內的一種物品屬性，意指該物品取得後只限該角色使用，不能交易給其他玩家。

19：PK，原本意指以擊殺玩家角色為樂的Player Killer，但在廣泛引用後，轉而演變成「一對一決鬥」的意思。

20：外掛，從伺服器外部提供各種功能的程式。

21：感應艙，本作用來與全息網路遊戲進行連線的設備。

毆，把她的反骨激出來，也就定居下來，神出鬼沒的「找樂子」。

只是這樣廝殺很傷荷包，真的。雖然她之前是大劍師，也不是轉職就喪失了打造裝備武器的能耐……打造武器呢都要礦石，有些零件還只有商店販售，個個天價。打個架雖然對方會隨機掉落裝備武器，但她又不是呂布，難免陰溝裡翻船，把打造到吐血的裝備武器噴了出去。

後來她知道修羅殿的競技場，仔細研究積分和競技貨幣的功能。發現積分打上去，競技貨幣越豐厚，能買的靈魂綁定的武器裝備越多……到達一定的高度，修羅殿還會配置名為「勇者苑」的小屋給競技高手，免除一切的干擾，還能夠申請跟生產技能相對應的設施，例如她一直想要的鐵匠鋪。

光這個死掉不噴裝[22]（靈魂綁定）的裝備就值得打一打，何況還有玩家小屋和屬於自己的鐵匠鋪。

剛開始，的確輸多贏少。漸漸的，她對自己的技能更能體悟，現實女子防身術也日益進步，反餽到遊戲的無縫接招，勝場就漸漸多了。人嘛，總是對自己越有天分的事情越感興趣，所以她樂得在修羅殿定居，直到現在，成為排行前五十名的高手。

跟眾多高手交手切磋的結果就是：偶爾外出採礦，被前公會自以為義氣的小屁孩堵到，往往可以以一當十，殺到對方連媽媽都認不出來。

跟刺客打架真是白痴到不行。她想。還是個大劍師出身的刺客。別的職業也能轉刺客，但那些刺客沒本事開「彎弓射天」的時候讓武器爆炸。

她可是獨一個……只是很傷本而已。

長槍可不便宜。

雖然打造長槍對她來說比呼吸還簡單，可惜礦石還是得親自去採……在涅盤狂殺，只要是行走都是極度危險的事情，採礦石不但不例外，還廝殺得更激烈。

望日真覺得為了塊破石頭打得死去活來很愚蠢，但其他人樂此不疲，她也只好從眾。明明是她先揮十字鎬採礦的，結果三撥人撲上來準備來個殺人發財兼賺礦石。

22：噴裝，網遊用語，遊戲中設定裝備會在某些狀況下（如死亡）從自己身上掉出，而且可以被他人搶走。

的確礦石很值錢，但也沒必要三撥人一起上吧？

她一矮身，先避掉大部分的攻擊，揮出十字鎬命中那個威力強大卻皮薄餡美的法系[23]，秒殺。

所謂工欲善其事，必先利其器。以為她拿著採礦工具就沒有攻擊力那就錯了。人麼，都是會成長的……大部分有帶腦袋出門的人是這樣。但是奇怪的是，許多立志當強盜的，腦殼裡除了熱血和殺人，啥都沒有裝，是一件很神祕的事情。

她被殺過幾次就知道要把十字鎬升級成超高傷秒殺型凶器，許多當大劍師的鐵匠只會上論壇抱怨，毫無建設性。

明明知道這是殺人無罪搶劫有理的鬼地方，還指望仁義道德？別傻了。

人不犯我我不犯人，是望日的原則，但有人犯到她……就該承擔該有的後果。

當強盜也是有風險的，孩子。不是人多就能搶得愉快，搶到不該搶的……你會理解鐵板的厚度和不可侵犯。

她輕靈如風的在諸強盜間穿梭，完全把刺客的如鬼似魅演繹到極致。將十字鎬揮舞得像戰斧一樣，中間還穿插了無數飛鏢和暗器，當最後一個人想逃脫的時候，她的十字鎬突然如脫韁野馬般飛出，中間嘩啦啦的飛出一長串的鐵鍊，硬把那個逃出生天的強盜抓回來，另一手翻出匕首，瞬間割喉。

三撥人馬總計十一個人，全體躺平。不甘願的看著幾乎空血的望日慢條斯理的把礦採個精光，收穫了所有掉落的裝備。在援軍到來之前，這個大劍師刺客已經縱狂風而去了。

收穫還真不錯。望日檢視著這十一個強盜掉落的裝備，當中還有把貴得能把人眼珠子掉出來的「納迦之牙」。這可是目前最高等級的副本極低機率掉落的神器……是說有這把神兵還能打輸她真不簡單。

搶人呢，抵觸她的道德觀，不屑為之。但是反搶劫是合理自衛，收穫是嬌弱的她受到驚嚇的精神賠償，她收得很心安理得，毫無愧色。

一個好刺客需要一把好匕首。這真是天上掉下來的禮物，再適合也沒有了。

但是俗話說得好，天上掉下來的通常是鳥糞，不會有禮物。這把納迦之牙的確給

23：法系，遊戲中以法術攻擊為主要玩法的職業。

她帶來了些麻煩。

在修羅殿準備刷卡排決鬥的時候，突然被一大群人氣勢洶洶的圍上來。

「有事？」她拉低了覆面，有些困惑的問。

「把納迦之牙交出來！妳這強盜！」那群男人很凶的吼，一個花顏少女在一旁哭得好不可憐。

是啦，梨花帶淚我見猶憐……但這個花顏少女就是帶頭去打劫她的人啊。

「我有錄影。」望日淡淡的，「如果起爭議，大聲就能搞定？涅盤狂殺哪有這麼好混。」接著她就不想說什麼了，刷卡排決鬥，秒速消失在公主與騎士團的面前。

結果她把對手打得鼻青臉腫，最後只好求饒投降獲得一勝後，一回到修羅殿的決鬥議廳，公主和騎士團居然超有耐性的等在那兒，又圍上來吵鬧。

她開始有一點點煩了。第一次覺得修羅殿不能殺人的規則不合理。因為他們殺不過妳，可以嘴炮轟妳，還亦步亦趨、結成人牆的吵吵鬧鬧。

「給我一個必須歸還的理由。」她拉下覆面，強忍住打趴這群小草莓的衝動，「你們十一個人來打劫，三個方向衝過來，然後被我反殺。需要影片的話，我複製給你們。」

眾皆啞口。好一會兒，才有一個看起來比較斯文也罵得沒那麼難聽的男孩子出來說話，「她是小女孩……只是為了好玩。那把納迦之牙她真的很喜歡……」

「我幫你翻譯好了。」望日似笑非笑的，「因為她臉書的照片photoshop得很漂亮，RC[24]上的語音很銷魂，所以公主什麼都是對的。你們幹嘛不帶她轉地獄之歌？就算現實吃不到，也可以在虛擬聞香一下……感情這麼好，當表兄弟還可以更拉近關係。」

「妳血口噴人！」、「妳不要臉以為別人也不要臉？」、「誰不知道妳的名次是靠跟人上床洗分[25]洗出來的！……」

欣賞完公主與騎士團的暴跳如雷，她才慢騰騰的開口，「單挑。反正我是洗分的不是嗎？」

24：RC，一款語音通話軟體。
25：洗分，意指靠對方故意放水累積遊戲積分的作弊行為。

結果騎士團和公主開始模糊焦點轉移話題，她也覺得戲看夠了，轉身往自己的屋子走去，將門甩在公主與騎士團的臉上。

什麼時代都不缺這種敗類啊……虛擬更明顯。

就是這種小屁孩，害她超級討厭吃草莓。

她個人認為這是小得不能再小的事情，但顯然的，望日的情報做得不夠。

這位花顏少女，芳名為羅貝卡，在陽剛氣過剩的涅盤狂殺是女神級的人物。不但粉絲眾多，擁有超高人氣的部落格和臉書，甚至華雪[26]都請她去拍過廣告片。

連修羅殿排行都在望日之上。

這讓望日很感慨，原來連競技排行榜都是不準的……系統大神的確對那種看到女神就不戰而敗的行為毫無辦法。

打進前五十名了，她的晉級之路開始異常艱辛——在和女神起過衝突後，望日簡直成了全民公敵。以前呢，只要發現沒有勝算，對手都會乾脆的投降。現在則是死纏爛打，拚命拖時間。而比她強的呢，也不給她一次痛快，標準拖台錢，完全摸透了望日寧死不降的弱點。

連在修羅殿行走，都會受到排擠和南腔北調的辱罵和嘲諷，野外更是常被成群結隊的狙擊。

這個遊戲完全陷入困難模式了。

至於論壇和女神臉書的歪曲事實和哭訴，她只看過一次就興趣缺缺的貼上事實經過的影片，然後再也不去看那些小屁孩的鬼打牆。

辯駁一次就夠了。反正大部分的人要看得不是真實，而是極富戲劇性的八卦。嬌弱美麗的女神和冷酷無情的歪妹，當然是前者比較值得同情和信賴。

可惜呢，望日在現實中可能是個自律保守到有些壓抑的人，事實上卻是個倔強充滿反骨的傢伙。別人越想抹黑排擠她，讓她玩不下去，她就越不讓那些人如願，非讓他們如鯁在喉不可。

現實沒有公平正義已經夠糟糕的了，虛擬中她起碼可以給自己討公平正義吧？她的記性很好，特別記仇。寬恕什麼的，別指望她會有。

26：華雪，本作中營運遊戲的虛擬公司名稱。

所以成群結黨在野外殺過她的人，只要讓她遇到落單的機會，就會順手斃了。以前在修羅殿競技還會覺得給人點面子，不要揍太狠，現在根本是猛虎搏兔必盡全力，往往一個照面就飛短斧加飛鏢連帶砸巨劍，揍到對方連投降的機會都沒有。

唯一的例外是偶爾排到跟女神對戰，她會先把女神加入黑名單[27]，省得聽那麼漂亮的女生說什麼垃圾話，然後慢條斯理的千刀萬剮，直到女神哭著投降為止。

這樣的困難模式，卻讓她澈底打磨過，凶猛的進入了涅盤狂殺第二十五名，是開服[28]以來個人排名最高、而且是唯一用實力打上來的女玩家。

也因為她的「貢獻」，原本一直獨享不戰而勝的女神，名次很悲情的掉出五十名外了。

在「拳頭大就是真理」的涅盤狂殺，總不是每個人都會希罕看得到吃不到的女神。頗受爭議卻沉默只用拳頭說話的望日，相反的得到一部分人的尊敬。

隨著她默然無語卻極盡暴力與華麗的戰鬥技巧，反而吸引了另一群崇拜者，還成立了粉絲團，和女神分庭抗禮。

望日很納悶，坦白說。她明明一直很傲、不理人，跟NPC說的話比跟玩家說的多百倍不止。那個粉絲團她只去瞧過幾次，連留言都沒有，這些人在崇拜個什麼勁兒？

直到現在，她這麼注重隱私權的人，不要說照片了，連自己出生年月日都沒有絲毫透露過，這些人也能擷取她在遊戲裡的畫面然後對著發花痴。

她不了解人類……也沒興趣了解。

民意如流水，今日向東明日向西。追求那些浮名實在太白痴。尤其是當初把她抹黑得最厲害的女神粉倒向她的粉絲團，自命頭號粉絲，反過頭來爆女神的料……

你就知道人類多不值得信任了。

她也不會因為那個牆頭草的倒戈就會有什麼好臉色。這傢伙當初圍毆了她五次，害她掉了兩把弓和四把槍。賠償是不用賠償，但是野外遇到她也不會客氣，管你是誰

27：黑名單，遊戲內提供的封鎖功能，玩家將不會看見加入黑名單對象發出的任何訊息，以避免對方騷擾。

28：開服，指遊戲伺服器開始營運。

的粉，該還我五次就是五次，一點折扣也沒得講。

但那個牆頭草被她殺足了五次，居然越發狂熱，還去粉絲團放上他被虐殺的影片，標題居然是「望日好萌好威」……

她真覺得不是他媽的這些人腦袋有病，就是整個世界都有病。

* * *

直到官方邀請她參加業餘賽，並且徵求同意想放上電視轉播，望日模模糊糊的猜測終於獲得證實。

之前她就覺得有點奇怪，以殺戮為主題的網遊很多，但跟華雪開發的遊戲群似乎有些格格不入——看看風景美氣氛佳的曼珠沙華和以無道德為賣點的地獄之歌，都有廣大的安全區，不像涅盤狂殺這麼步步驚心。

而涅盤狂殺唯一能放鬆精神的地方，卻是作為競技中心的修羅殿。而且競技的獎賞，跟辛苦拓荒副本的報酬率幾乎不相上下。

當時她就隱隱猜測過，涅盤狂殺的開服，是否和電競[29]有些關係……沒想到真是如此。

仔細考慮過後，她謝絕了。

或許吧，打還是在涅盤狂殺打，電視也就播放影片而已，說不定還有一戰成名的機會……但她並不希罕。

她也會看賽事，但她總覺得團體戰永遠好看過個人賽，個人賽根本就是拚覺悟和裝備而已，沒什麼看頭。

若出個人賽，別人只會把焦點放在她是「女人」這點，當成一種珍奇生物看待。她並沒有當動物園猴子的興趣。

捫心自問，支撐她在涅盤狂殺拚鬥下去的核心，還是「憤怒」。總有一天，她的憤怒早晚會揮發殆盡，說不定很快。失去了憤怒當燃料，或許她就會厭倦，轉服或者根本不再碰全息網遊。

29：電競，電子競技的簡稱，由遊戲公司聯合主辦的電玩遊戲比賽，目前的電競活動已有國際級的賽事。

這樣的心態，連當個業餘選手都不夠敬業……她討厭半途而廢。

有時候她會想，或許前男友不要她，也是情有可原的。誰會喜歡一個比自己還man的女朋友？

個性，真的決定命運啊。

但她就是不會改，也不想改。沒辦法，資質所限。要她去扮柔弱裝洋娃娃……她不想當金剛芭比，別人還沒噁心她先噁心了。

她還是適合舉起各式各樣的重兵器，把敵人砸爛。

望日對這麼man的自己也毫無辦法。

滿地的屍體，死寂無盡蔓延於這片豔綠濃紅的山野。呼嘯的山嵐拂開了望日的兜帽，露出額頭梵文似的朱紅刺青。等不到援軍來救的「屍體」，心不甘情不願的化為白光返回重生點，鮮豔的山野靜謐，像是不曾發生過慘烈的殺戮。

只剩下血皮的望日沒急著補血，慢條斯理的敲著礦石，也懶得把兜帽拉上。

額上的梵文刺青很美，但是意義卻不怎麼美麗。涅盤狂殺背景世界就是所謂的修羅道，遠不如曼珠沙華的繁複種族與職業，甚至連地獄之歌都比修羅道豐富太多。

這裡只有一個種族：修羅。只是修羅採取了種姓制度，第一等是帝釋，第二等是婆羅，第三等是吠舍，最末等則是陀羅……也就是賤民。

想必是參考了古印度的種姓制度，只是排列組合不大相同罷了……不知道原始企劃的緣方是懶還是沒作好功課。

外貌上可以微調，極盡魔性美，但大致上不會太懸殊——官方原本就要將涅盤狂殺定義在電競上，自然不會太複雜化。四個種姓在劇情故事上或許有尊卑，主要是凸顯十九個職業的特性而已。

只是身為賤民的陀羅，通常都是輔助性質的職業。像是補血、上增益狀態[30]的阿普沙拉斯說好聽是歌姬，事實上就是遊女。詩人則是半坦[31]半輔助的……乞丐。大劍

30：增益狀態，遊戲中的輔助能力，可使角色的屬性或能力得到提升，通常具有時效性。

31：坦克，以挨打或吸引砲火為主要特色的職業暱稱，也稱為肉盾。

師就不用提了，完全是沙包和工具人。

而這些職業，都是種姓最底層的陀羅才能任職的。額頭貌似美麗的刺青，事實上是恥辱的標誌。

當然，這些職業都對團隊大有助益，但知曉意義的才不會去選這些在劇情任務老被叫賤民的種姓。只有被人拐來玩的，特別是跟著男朋友來陪公子練功的呆瓜女生，才會傻傻的被勸誘選了這種幾乎上線就等著被殺爛的種姓和職業。

雖然說，望日已經轉職成刺客，因高功勳（競技）上了萬神殿（長達三個月在五十名內即可在萬神殿留名），很有資格從陀羅直接轉帝釋……但她還是婉拒了這個殊榮，保留了這個代表恥辱的刺青。

這是個教訓。很好的教訓。溫柔順從根本沒屁用，只是人為刀俎我為魚肉，被賣還幫人數錢……遠不如長得漂亮會撒嬌充滿女人味的帝釋神祭。

人家也會補血──就算補得不多。最少接任務時NPC恭恭敬敬的喊尊上，衣飾種類繁多華貴，極度省布料。阿普沙拉斯雖然布料也很省，但就是風塵味重，NPC開口閉口都是上淩下的賤民長賤民短。

更不要提大劍師了……別指望灰頭土臉的鐵匠能穿得多漂亮，連寸肌膚都看不見，黯淡不起眼，還有個綽號叫做「灰姑娘」。

別說全息網遊形象不重要……其實重要得很。前男友可是金光閃閃的帝釋天，簡單說就是偏向武力的坦，跟公會主補的帝釋神祭生死與共久了，網聚時驚為天人一見鍾情……完全就是催化作用。

對。她就是小心眼，愛記恨，而且極度易遷怒。她對帝釋這個高貴種姓一點好感都欠奉，更不想成為帝釋的一份子。

寧可當個賤民，額頭永遠有恥辱的刺青。時時提醒自己，千萬不要忘記這個深刻的教訓。

「妳進步的幅度令我驚訝……但憤怒會讓妳止步於此。」一個冷淡的聲音飄進她耳中，立刻讓望日繃緊神經。

戒備的回頭望，卻看到一個陌生中帶點熟悉的身影。

是一個吠舍（平民）魔劍。雖然百戰滄桑的她已經不畏懼魔劍了，但也不太喜歡和這職業交手。

直到魔劍「哼哼哼」的冷笑之後，她才恍然想起，這個最初啟發她的「老師」。

稍微放鬆了警惕，她低眉，「謝謝您的教導。」

「我有教妳麼？就凍妳兩天而已，算教？」魔劍神情淡漠，「而且我不叫『您』，我的名字是雨弓。」

雖然我早忘了……可我不想問你的名字。

但望日雖然小心眼愛記恨，卻不是忘恩負義的人。當初不是這個魔劍幫她拿到刺客轉職的資格，教了兩天，還給她指了條明路，她也只能空磨牙，別想能達成復仇的心願。

所以她也難得有禮貌的回應，「你好，我叫望日。」

雨弓睥睨的看她，「初見時妳就說過了，用不著重複。哼哼……」他又冷笑，「別把我的智商和妳相提並論。」

……這個人是怎麼回事啊?!什麼態度啊混帳！

天人交戰了一會兒，在劈死他和轉身就走搖擺不定。最後她還是決定轉身就走。

一來呢，她恩怨分明，人家有恩在前，言語上的不客氣不能與恩相抵，殺人不占理。

二來呢……

就是經過了千百場的打架，她才更能明白自己的實力，了解這位魔劍的深不可測。

這麼說吧，修羅殿競技時，她和高居排行第一的高手交手數次，同樣是魔劍，九敗三勝。但這個第一高手魔劍，曾經挑戰過難近母，只撐了十秒就躺地板恨歸重生點了，難近母連擦破皮都不算。

能夠挑戰如神般的難近母到幾乎同歸於盡的雨弓……這是一種怎樣的高度，實在難以想像。

她很識時務者為俊傑的退走，卻被雨弓叫住。

慘了。莫非又要噴裝？雖然重要的裝備都是靈魂綁定噴不掉，但包包裡的會噴啊。身為一個大劍師刺客，隨身多帶幾把武器在包包裡是必要的……畢竟只有大劍師出身的刺客能夠投擲並且引爆武器，這也是她最大的倚仗。

雖然這個大殺招很傷害荷包……但是還沒使用就噴掉，對荷包的傷害更是巨大到屠殺的地步。

這時候她就滿希望自己是聖仙或飛天之類的職業，起碼逃跑比較快。

「妳的話變少了。」雨弓淡淡的說。

……哈？

沉默了一會兒，望日有些神遊。的確，比起當初遇到雨弓的時候，她的話少了很多……很多很多很多。

仔細回想，不管現實還是虛擬，除非必要，她幾乎都不開口。

「因為，言多必失。」她有些惆悵的說。

「哦？」雨弓微微挑眉。

「別開口比較好。」望日的聲音冷淡下來，「省得讓所謂的『朋友』，把妳說過的話斷章取義的截圖下來，製造更多足以腦補並且抹黑的材料。」

她已經受夠了。黑一個人實在太容易，只要幾個有惡意和看好戲的人就行……尤其是裡頭有幾個妳單方面認為的「朋友」。

「哼哼哼，妳倒沒我想像中的廉價……」雨弓的聲音稍微暖了些，「人貴自知。」

望日覺得自己的忍耐力已經瀕臨極限，「到底有何貴幹？」她偷偷地握緊拳頭。

雨弓偏頭看她，露出感興趣的神情。「半年前，妳還是個noob[32]，現在卻進步到遠遠超越我的想像。但『憤怒』不能讓妳再往前了……我覺得很可惜。」

關你什麼事？你到底想說啥？

「我會讓妳打遍天下無敵手。」他嘴角噙著一個略帶惡意的微笑，「除了我以外。」

為什麼我要打遍天下無敵手？我又沒打算出國比賽拿冠軍。

「謝謝，不用了。」她想走，雨弓卻無聲無影的橫劍在她脖子上。

「妳當然可以拒絕。」雨弓原本冷淡的聲音轉成春風般和煦，「想死幾次呢？妳是有選擇的。」

……你他媽的這叫做有選擇？我吐出半個不字就會人頭落地兼噴裝吧?!

32：Noob，雖然與newbie同樣有新手的含意，但詞義較偏負面，網遊玩家使用此字時，大約等同指斥對方為蠢蛋或白痴。

一時氣血上湧，望日發了倔性，「不！我拒絕！」

人頭落地就落地，噴裝就噴裝！又不是沒死沒噴過，怕什麼？

就在閉目等死的時候，脖子上冰涼的劍鋒突然消失。她緩緩的睜開眼睛，卻看到雨弓在笑……真正的笑。

「我沒看錯人。」雨弓依舊淡淡的，神情卻像是光風霽月，甚至有些縹緲虛無。「這倔強，會害苦妳。但妳還是這麼倔強比較好……憤怒燃燒殆盡，妳還會有倔強可以支撐。」

……我對文青風很過敏，拜託你說白話文。

但雨弓突然隱身遁去，留下一頭霧水的望日。

十天後，一個默默無名的「新人」，突然猛竄入個人排行榜第四十九名，無戰不勝，勝率是百分之百，數據實在太過突出。

一直萬事不關心的望日，直到排決鬥的時候排到這個「新人」，才瞠目結舌。有那麼一小會兒，她想立刻投降。

除非她能獨力戰勝難近母，不然她絕對打不過這個「新人」吧？

「雨弓先生，你為什麼在這裡？」她的頭整個痛起來。

「沒為什麼。」雨弓依舊淡淡的，「閒散久了，想練練手。哼哼哼……」他笑了幾聲，「還是妳想投降？」

望日激不得的性子真的沒救了。她咬牙切齒的說，「請指教！」

然後毫不意外被「指教」得金光閃閃，電得很完全，慘獲一敗。

結束戰鬥回到議廳時，疼痛其實已經消失，但望日卻覺得精神上很疲憊。

雖然結果毫不意外，但她倒沒有發怒，而是仔細思索戰鬥過程中她有哪些瑕疵和失誤。

雨弓卻緩步踱向她，淡淡的問，「知道為什麼輸嗎？」

望日皺緊了眉，很爽快的承認，「我技不如人。」

表情一直帶著輕微嘲諷和睥睨的雨弓倒驚訝了一下，默默看著依舊在苦苦思索的望日。

「為什麼你們都喜歡待在這個不見天日的修羅殿呢？」雨弓終於開口，「外面好多了。」

「因為不想做沒有意義的事情。」依舊在思考的望日漫應著，「外面的殺戮就只是殺戮，沒有目的也毫無意義。」

雨弓深深看了她一眼，垂下眼簾。「廣大的修羅殿並非全都是不見天日的。走吧。」

欸？我有什麼理由要聽你的嗎?!

「自己閉門造車通常會有盲點，」雨弓淡淡的，「只會讓下次輸得更慘吧……」看起來相當生氣，眼睛都快冒火花了。嘖，女孩子。等等該不會就哭了？資質再好也不過是……

「不是要走嗎？往哪？」望日卻很快的平靜下來，皺著眉問。

哦？令人意外呢。明明用憤怒當燃料不是嗎？卻可以飛快的收拾自己的情緒。坦白說，連許多男人也辦不到啊。

望日倒是沒想那麼多。剛剛被電得很慘，但輸得卻有點莫名其妙。幾乎都是很小的劣勢累積到最後才一次爆發，她知道會輸，但實在想不出應對上出了什麼失誤。

心不在焉的跟在雨弓後面走，她原本以為雨弓要在練習場再電她一次……卻沒想到雨弓帶她到修羅殿後，撲天蓋地而來的是怒放的火荷與雪蓮，碧波蕩漾，荷葉嘩啦啦作響，是個非常廣大的荷塘……不，應該說是荷湖。

「修羅道每日都跟夏天一樣。」雨弓的神情溫和下來，「偶爾也抬起頭吧。」

抬起……頭？

望日仰首，天空乾淨的沒有一片雲，深深的、純粹的藍。

對喔，夏日的晴空。濃豔極致的色彩。

聽說風景最美的曼珠沙華四季如春，她也看過幾張照片，的確。但她在涅盤狂殺待了半年多，從來沒有注意日日皆夏的修羅道是如此鮮豔明亮……生命力蓬勃得簡直狂噪。

「我一直在激怒妳，但妳卻對我不夠憤怒。哼哼哼……」雨弓低笑，「這是妳主要的敗因。妳的怒氣……已經漸漸減弱了吧？還有什麼理由，妳要在不見天日的修羅殿繼續？」

薰風吹拂，披風獵獵作響，兜帽漂蕩，梵文刺青忽隱忽現。望日看著豔晴的天空與囂鬧的荷湖，眼底也鍍了一層薄薄的藍。

「我……不想輸。」在良久的沉默後，望日開口了。「輸了是因為下次會贏。」沒有理由，也不是為了什麼。只是為了激戰中，繃緊精神到極致的緊張感，和戰勝時那一刻的愉悅……不是打敗了誰，而是勝了自己一場。

我，不是一無是處的。

「是嗎？原來如此。」雨弓垂下眼簾微笑，「單純的倔強……嗎？那就這樣吧。」

……這樣是哪樣？

但之後她就不曾在修羅殿見到雨弓，他的名次沒有繼續打，所以漸漸的往下掉，像是流星般一閃而逝，淡出所有人的記憶。

但是望日每天收信時，都會默然無語。雨弓看過她每一場的競技，語氣很不客氣的指出缺失和疏忽，鉅細靡遺，厚厚一大疊。並且再三叮嚀她在現實中絕對不能偷懶，除了女子防身術，最好去健身房系統訓練一下。

這傢伙……到底是什麼來歷啊？

明明超厲害的，卻連一點好勝心也沒有。隨心所欲的出現，然後隨心所欲的消失。禮貌的回信給他道謝，再寫來的信絕對不會客氣半分，更不會言及其他，只針對她每場競技批判得體無完膚。

果然，她完全不了解人類。

雨弓……不就是Rainbow？彩虹，對吧？

既然是偶發性的天文現象，似乎也能解釋他這麼神龍見首不見尾吧？……大概。

後來她下班後，真的在補習班附近找了家健身房。反正沒有什麼壞處不是嗎？閒著也是閒著。

但她實在不明白，為什麼在現實的健身房揮灑汗水兩個月，虛擬的修羅殿個人排行榜就讓她爬上第十五名。

雨弓……到底是幹嘛的？

她真是想破腦袋都想不出來。

雖然人人喊熱，但望日卻覺得，春末夏初的天空，藍得很美麗。

乾淨、平滑，絲質般的藍。

和修羅道的天空很像。

超過半年多了，她的事情已經被淡忘……不管當初的黑函和前男友鬧上門的全武行多轟轟烈烈。總有更多更勁爆的八卦值得關心，像她這樣只會冷眼沉默以對，毫無反應的對象，顯得太無趣了。

現實的職場中，她就是個沉默安靜、有點嚴肅的人。在電腦補習班教photoshop，沒課的時候輪班坐櫃台。沒有什麼笑容，但待人還算親切，很普通的一個女孩。

學生還算喜歡她，而且在二十一世紀中葉的時代，會跑來學photoshop的通常是女生，而且幾乎都有自己的部落格或臉書。這個老師雖然幾乎都不笑，但是很能理解女孩們的需求，常常偏離課程的教她們怎麼把自己的照片化腐朽為神奇……

她的學生算多了，補習班老闆對她還算滿意。

同事麼？覺得說不上話，但也沒什麼值得討厭的點。她既然安靜游離於群體之外，卻也不像幾個自以為是的討厭鬼老叫她們小聲點，不可一世，就覺得這個沉默的同事也不算太差。

望日壓？她也沒真的討厭誰。只是她心眼小又愛記恨，沒辦法。她沒辦法忘懷整個補習班的師生拿她當笑話，竊竊私語了好幾個月，還把捏造的黑函當事實，用異樣的眼光看了她快半學期。

超蠢的。前男友蠢，這些人也蠢。瞧瞧她，路上隨便一抓一大把，普通得那麼堅持。這樣的人有辦法去援交兼差？未免把這行當看得太容易了吧？

或許是工作的關係，所以她成了一個太明白的人。這是一個莫名其妙的時代，每個人，尤其是少女，都希望吸引別人的注意。臉書啦部落格啦，肆虐到不行。好像不是正妹就不是人似的，沒有被捧就活不下去一樣。

結果呢？往往都很荒謬。不是被人肉搜索，引來一些心理變態，就是被爆料，然後被嗜血的網路澈底「教育」。

怎麼會傻到把自己當祭品端在險惡的網路上曝露？難道她們沒有絲毫智力從層出不窮的社會新聞學到什麼嗎？

以前她會勸，結果只是學生人數驟降。誰也不想聽說教。

好吧，隨便妳們。

這是個個人崇拜到神經質的時代。現在她的同事飯不好好吃，捧著臉在電視螢幕前尖叫，激動得要命。

天知道只是場涅盤狂殺的團體賽啊拜託……五V五，十個人裡頭有四個是她手下敗將，三個平分秋色，還有三個連跟她打積分的資格都沒有。

更愚蠢的是，影片播完還秀真人訪談。女同事狂熱到慘叫的地步了。

由她專業的眼光看來……後製很厲害，真人影片可以修到這種地步，簡直是奇蹟。

荒謬的時代。超級荒謬。捧得越高就會爆料得越淒慘，都快要歸納成公式了。奇怪怎麼會有人喜歡這一套，莫名其妙。

所以她才不會去參加什麼電競……神經病。把自己送上去給人魔女審判嗎？她沒有自虐的興趣。

*　*　*

二十一世紀中葉，因為全息網遊的盛行，原本屬於小眾的「電競」堂而皇之的瓜分了原本「運動」的市場，收視率超越了原本主流的連續劇和綜藝節目。

都快變成全民運動了嘛……感應艙的無息分期付款更增長了這股風潮。

再說吧，全息網遊既奇幻又真實，打起來比電影還好看，會流行起來不是很意外。反正都是影片，主播還可以玩慢動作重播加講解，很讚。

但把選手塑造成偶像推到台前……這什麼跟什麼。

重要的是技術不是臉吧喂！

可選手樂意，觀眾狂熱……她發現，自己真的很不了解人類。

但她不樂意，千千萬萬個不樂意。讓她覺得最討厭的就是，自從她進了前五十名，就開始有人零零星星的來煩她，打上十五名更是沒有一天安靜。

「業餘職業我都不要。」她已經瀕臨暴怒邊緣，「我不當選手。而且我只打個人。」

「個人也無所謂，」對方很客氣，「我們是官方隊伍……」

「我拒絕。」望日站起來，「華雪要鎖我帳號，請便。但我絕對不會同意！」神經病。以為她不知道？在她前面還有十幾個人呢，為什麼不邀？還不就是這個該死的性別?!

然後呢？去濃妝豔抹當吉祥物嗎？我呸！

那天她沒去修羅殿排競技，跑去採了一天的礦石。第二天接到雨弓的信，問她昨天為什麼沒有排競技。

其實他語氣還有著淡淡的關心，但卻觸動了望日敏感的神經，讓她暴怒的回了一封超級不客氣的信，就憤然下線了。

下線醒來她就後悔了。其實根本不關雨弓的事情，她卻這麼暴躁。

望著窗外好一會兒，今晚，沒有星星。

她有一本心愛的書，就叫做《今晚，沒有星星》。但封膜包得好好的，藏在書櫃的內側，再也沒有勇氣拆開。

其實不關我的事情。她想。但我還是好難過。

思前想後，她頹下肩膀，又躺回感應艙，閉上眼睛，上線。

她還在絞盡腦汁的寫道歉信，雨弓卻破天荒的密她了。

這還真是從來沒有的事情。

「……對不起。」躊躇了半天，她還是只能擠出乾巴巴的一句。

「哼哼哼。」雨弓還是慣常的冷笑，「帶酒來殿後荷湖，我就原諒妳。」

望日發了一會兒的呆，提了一甕酒，卻帶了三個杯子。在荷湖豔亮的晴空下，她給雨弓和自己倒酒，也給那個多出來的空杯倒酒。

「說吧。」雨弓淡淡的，端起酒杯。

坐在楊柳的芳草處，望日凝視絲綢般柔厚的天空，慢吞吞的說了她拒絕當選手的事情。

雨弓沒有說話，只是安靜的聽。

在長久的沉默之後，望日又開口了，卻顯得很跳tone。「我國高中的時候，很喜歡一個作家。她很幽默風趣、文筆溫暖。那時候讀書讀得想死，只有看她的小說時才覺得日子還值得過。追完部落格，我還會買書。我好喜歡她，真的好喜歡。她部落格的讀者也很多、很多，還害部落格主機當掉過……閱覽人次太多。」

望日用力眨了眨眼睛，怕自己失態。好一會兒才又開口，聲音還是有點啞。

「……但她自殺了。」

深深吸了口氣，望日才把喉頭的一點哽咽吞下去，「她……她去參加了一個讀者發起的讀書會，被偷拍了照片……她……她的確不是美人，或許體重也有點過重……但這不關誰的事吧？她大學才剛畢業……」

望日說不下去了。那時她高中，第一次見到網路最血腥殘酷的一面。她不在乎最喜歡的作家長什麼樣子，但有人，很多人，特別是愛幻想的男人，一旦幻滅就非常恐怖。

什麼話都說得出口。反正網路匿名很方便不是嗎？

「……她自殺身亡之後，還有人嘲笑她太軟弱。」望日低低笑了一聲，卻沒有絲毫歡意，「人類，真可怕。」

網路上的人類，更可怕。

明明不關望日的事情，對吧？但那位作家自殺身亡之後，她跟著大病一場，哭泣了很久。

從此就非常厭惡網路和媒體，小心翼翼的保護自己的隱私。

雨弓端起酒，碰了碰那個多出來的酒杯，「哼哼，妳很高興吧？有個真正的讀者，妳這輩子沒有遺憾了……死了都值得。」

忍得全身發抖，望日還是暴怒了，「不要惹我哭！」飛快的擦去頰上的一滴淚。

「哼哼哼，」雨弓按了按她的頭，「有什麼關係？小孩子哭是應該的。」

「誰是小孩子啊?!」望日用力一扭，護著頭頂吼。

雨弓反而笑得更愉快，將杯中的酒一飲而盡。

明明很失禮，但雨弓的態度不知道為什麼溫和下來。以前都很疏離，指點她的時候也是冷淡的，很偶爾才會出現一點幾乎察覺不到的關心。

在她這樣失態之後，反而那層看不見的隔閡消失了不少。

「沒打過國戰？公會戰也沒有？妳在涅盤狂殺兩年多了，除了修羅殿和阿努城，去過什麼地方？」

「……京畿附近我很熟。」啞然片刻，望日勉強擠出一句。

的確，她在涅盤狂殺兩年多了。出生在修羅道主阿努王的羅喉國，創人物以後幾乎就都蹲在阿努城的鐵爐前，頂多就在京畿附近的山區尋找礦石（和被殺）。大劍師練起來很不容易，但在成為宗師之前對公會只是可有可無的存在。

她沒有喊過苦。說不定要喊苦、撒嬌哭訴才是正確的。但她不會這套。

「原來妳連羅喉國都沒踏遍……其他三國大約也是一無所知吧。」雨弓淡淡的笑了笑，「武術一道，和讀書有點像。行萬里路是必要的。」

這傢伙……講這幹嘛？她突然有點不想聽雨弓接下來想說的話。或許吧，在她心目中，雨弓是有點特別的。但如果跟其他人一樣只想著「住哪幾歲電話多少」，她會沒來由的有點傷心。

但雨弓卻把酒喝完，揮了揮手，就走了。

她覺得有點安心，但也有點失落。

抱著膝蓋，她看著永夏的晴空。荷香隱隱飄蕩。原本的憂傷、憤怒、焦躁，就這麼一點一滴的緩緩消失。但要重回不見天日的修羅殿……卻有些興味索然。

這兩年多裡，我在涅盤狂殺做過些什麼？單純只是為了自己，不是原始的因為外界的刺激做出種種對應和反擊？

沒有。一直都沒有。

那一天，她離開了阿努城，銷聲匿跡了一個月。競技排行是不進則退的事情，她也就緩緩的掉出前五十名，粉絲團議論紛紛，但望日從來沒留過言，更不可能給什麼說法，所以粉絲流失得很厲害，幾乎停止運作了。

偶爾看櫃台的望日會無聊刷過去看看，但也只是發笑，卻沒有其他反應。

她才不要為了別人活。人生白痴一次就夠了，還可以推年少不懂事。白痴第二次就完全是愚蠢，自作孽不可活。

有點明白，為什麼雨弓那樣的高手，卻不願意打競技。困在不見天日的修羅殿，為了幾勝幾敗斤斤計較，的確是很傻。

既然能夠保護自己，永夏鮮豔的修羅道，更有強烈的吸引力。

旅途中，雨弓很少跟她連絡，只有同在華環國時，跟她碰過一次頭。

「眼神不錯啊。」雨弓淡淡的笑，「稍微長大了點。」

「……我早就成年了！」

「唔，還真看不出來。」

望日怒目，久違的怒氣又冒出來。這傢伙為什麼總是能夠精準的激怒她啊?!

「走吧。」雨弓站起來，「來華環沒見見這景象實在太可惜了。」

他們正在一個簡陋的旅店，外面正在下傾盆大雨，潑瓢似的轟隆作響。

「現在？」

「天時地利人和，不是現在這時候，還別想瞧見呢。」雨弓走出去，打起傘。

天地陰暗如墨，只有閃電橫空，雷霆霹靂炸響。狂暴的雨滴砸在傘面，囂鬧得震耳欲聾，根本沒辦法交談。

山路崎嶇泥濘，一腳深一腳淺的。但也沒有辦法，這種壞到極點的豪雨天，沒辦法縱狂風飛行，只能靠兩條腿，一步步的往前走。

到底要去哪啊？她疑惑的抬頭，卻發現雨弓半個身子都是溼的，傘幾乎都遮在她這邊。

她悶悶的把兜帽拉上，離開傘的範圍。她的披風能擋雨……雖然對這樣的暴雨效果不太好。

「我不想吃妳豆腐，最好乖一點。」雨弓靠近些，又把傘遮過來。

「……你已經快成落湯雞了！」

雨弓彎起個些微邪惡的笑，「哦～」很意味深長的拉長音，「小望日，妳開始關心雨弓叔叔了是不是？但我不願意誘拐未成年兒童呢。」

……該死的自戀狂！這天下的為什麼不是硫酸淋死你?!

但她實在是動手遠遠強於動口，面對打不贏的自戀狂，她只能把兜帽拉低，忿忿的把注意力放在泥濘不堪的道路上。

走了很遠很遠，在狂風暴雨中跋涉，幾乎伸手不見五指。她既然已經沉默，雨弓也不再說話。很疲勞，雙腿如鉛，但她倔性被激了起來，還是一言不發的往前走。

雨漸漸小了，漆黑的天色慢慢轉淡，陽光從烏雲的間隙撒下來，等他們走到目的地，只剩下濛濛細雨，和燦亮的陽光。

那是個崖頂，望出去是驚石拍浪、翡翠似的海洋，和陰晴交纏的天空……與一彎氣勢萬千，光華奪目的彩虹，由天而發，奔騰入海。

望日雙手摀住自己的嘴，說不出一個字，愣愣的看著這樣接近奇蹟的天文異象。

只有親眼看到，才能了解那種深入魂魄的震撼力吧？她沒有想拍照或錄影……因為那沒有用，百分之百的失真。

真正的，完全的……虹。

她覺得整個人空空的，卻又塞得極滿極滿。沒有任何言語可以形容……只有敬畏、感動。

難怪，真的，難怪。古人會把「虹」列在龍族之中。這不是空氣污染嚴重，有氣無力的現實之虹可以想像和比擬的。

龍般的虹貫空而過，宛如意欲吞盡五湖四海。

等彩虹終於消失，她才發現把自己的腿給站麻了，不知不覺中淚流滿面。

一直沒有說話的雨弓遞手帕給她，「感受性這麼強的小孩子……真讓叔叔覺得不能放著妳不管。傷腦筋……」

望日奪過手帕怒目而視。她很想跳腳大喊自己成年已久，但這個選擇性失聰的自戀狂一定會聽而不聞。所以她把怒氣轉到手帕上，不但擦乾眼淚還狠狠地擤了鼻涕。

但除了得到雨弓的捧腹大笑和一句「果然是小孩子！」，沒有任何反擊的效果。

結果她還是回到修羅殿，在一個月的浪遊之後。

名次早就滑出五十名外，但她再次上場卻把名次越打越低，都出百名了，勝率簡直到了歷史新低。

但她卻不怎麼在意。

她會回來打競技，心境已經大不相同。當初只是很實際的為了積分貨幣和發洩憤怒，但就如雨弓所說，她的憤怒早晚會燃燒殆盡。

浪遊這麼一個月，她看過了無數奇山異水，和不同國度的人交手廝殺。或許吧，她就是個man女。戰鬥時那種專注的冷靜亢奮還是最讓人難以忘懷的，勝負反而變成很次要的事情……

不管輸贏，她最喜歡的卻是事後的思考，然後精進……不管是武器還是武術上的體悟。

結果，她僥倖轉職成刺客，倚賴的還是粗暴的大劍師技能，一直都不是真正的刺客。而且殺些無聊的小雜魚真的很沒意思，真正的挑戰還是人才濟濟的修羅殿。

改變打法，修改武器，都需要大量的實驗，代價就是越來越低的勝率。但她不在乎。

她沒辦法阻止自己拿起武器，沸騰著血液戰鬥下去。

那，就這樣吧。盡情的享受。為了自己，只為了自己。

她知道別人都說她不行了……誰理他們。她已經為某個「別人」虛度了兩年多的光陰，白痴才會為了那些無聊的「別人」浪費，哪怕是一秒的時間。

現在她覺得很愉快，也不再待在修羅殿從早到晚。

這是個非常擬真的全息網遊，睡夢中的第二人生。她想活得精彩，像是永遠夏天的修羅道，有太多值得去的地方，太多值得做的事情。

自由，或許很沉重，甚至必須背負孤獨的重擔。但自由也非常甜美，甜美得難以言喻。

就像夏天微醺的風，不受任何束縛的任意奔馳。

以為雨弓會寫信來囉囉唆唆，沒想到他只是輕描淡寫，跟她討論優缺和應對。

其實密語就好了不是嗎？為什麼要飛鴿傳書……還要浪費寫信的時間。但雨弓只密過她一次，就像是密語功能徹底故障了，除了寫信來關心她的競技表現，其他都不言不語。

她不懂這個人。

說朋友不像朋友，說師父不像師父。就是個比較熟悉的……陌生人。

偶爾碰到會把她澈底激怒的陌生人。

但也許……善意的陌生人比較好吧？看著雨弓寫來的信，她想。在上線就要繃緊精神，應付所有打打殺殺的生涯裡，有個熟悉的人是絕對不會對妳捅刀的，光這事實就讓人覺得溫暖了。

所以她不會去密雨弓，僅僅回信。有時候想到了，會隨信寄上一瓶酒給他。

覺得酒很苦澀，雖然她的酒量還可以，但現實還是虛擬都不喜歡。可雨弓很愛喝酒。

不管怎麼說，雨弓都相當程度的指導了她。望日不喜歡欠人恩情，就當束脩吧。反正他也沒推辭。

* * *

花了好幾個月，一天只打幾場的望日，又重新登上第一頁，甚至突飛猛進的進了前十。

說穿了不值什麼，只是她終於打造出適合刺客的武器，並且適應了刺客的攻擊技巧……在健身房揮灑的汗水也不是白瞎的，積蓄夠了，就爆發出該有的能量，如此而已。

只是對於她的對手來說，實在是夠驚悚夠束手無策的了。

以前的望日很暴力，飛鏢短斧只是輔助，真正麻煩的是把人砸爛的重兵器……但這還是有應對的方法，畢竟重兵器攻速慢，技巧夠好是能躲掉的，不然把物理防禦撐高也能撐過她一波一波的爆發。

這就是一波流的缺點，容易後繼無力。

但現在的她卻自我封印的不再使用會爆炸的重兵器，改用精神操控的無數匕首，將刺客的如鬼似魅演繹到極致，常常刷刷兩次就中了無數攻擊，如水銀瀉地無孔不入，不再講究秒殺，而是改走凌遲路線，防不勝防。

就算一時逃過了她綿密凌厲的攻擊，但撕裂傷卻不是金創藥能夠阻止的，往往流血致死，慘獲一敗。

原本對應她最有把握的高防高血量的坦系，對她這樣善於閃避和運用陰影的刺客，也往往會被她磨死，再也沒有優勢。

望日不知道的是，以前雨弓只是付費遠端讀取修羅殿的影片，才寫信指點她，現在卻會雜在人群中，親眼看她臨敵對陣。

驚人的進步。真的是，非常有天賦的小孩子。記得當初見到她時，什麼都不懂，滿腔怨忿，卻會發爛好心的小女孩。只是心不在焉的指點她一點點，她卻一步步的往前走，成蛹、蛻變。

真是澈底改變他對女人的看法啊，這小女孩。

歡喜嗎？或許是吧。是他最初發現了這個小孩子的潛力，看著她磨去璞玉中的渣滓，煥發出真正的光芒。

就像是，發現一顆無名星的天文學家，那種無上的喜悅吧。

但又有一點擔憂，隱隱的。掩不住的光芒，她能力拒名利的誘惑到什麼時候？人都是會改變的，很容易迷失。萬一……

真不希望看到他所發現的星星，必然的殞落。

往事撲了上來，讓他薄酒紅的瞳孔黯淡如死。

該怎麼做？該如何做？不要讓她走上自己走過的荊棘之途呢？

混在人群中離開，他沒有去跟望日打招呼。

想了很久，他決定什麼都不做。跌跤要趁早，小望日的年紀應該還不大吧？早早跌跤，早早學乖。

誰也沒有立場去為別人決定未來。

更何況，他們也不熟。他也只是個，遠遠觀星的人，不該去干擾星星的軌道。

但是，破天荒的，望日遲疑的密了他。很困擾似的徵詢他的意見。

如何是好？該如何是好？

一直刻意與人保持距離的雨弓難得的煩惱了。

看著雨弓悠閒的踱過荷湖的曲橋而來，在湖中亭的望日異常緊張和懊悔。

自己的事情不能自己處理嗎？為什麼要麻煩到別人……本來只是想找個人談一下，誰知道雨弓會親自過來。

修羅的容顏其實參考的是古印度神話……畢竟當初綠方留下來的粗疏設定並沒有繪本可參考。只能從她錯誤許多的原始設定去推測，變成這樣半印度半中國的奇怪美術風格。

但遊戲總是要賺錢的。就已經只有一個種族沒得選了，女性美麗沒問題，但是男性獰惡醜陋……誰想來玩啊!!這種上線殺到下線的全息網遊用膝蓋想也知道絕對是男性占絕大多數。

所以這點就背離了印度神話的男修羅設定，個個高大英武，高矮胖瘦和英俊威武都可自由微調，只求能留住玩家。

雨弓大概懶得微調，在帥得驚天動地慘絕人寰的男修羅中，顯得很平庸。但個子還是高……修羅的設定中，男的就是高，女的就是嬌小。

所以雨弓在她面前站定時，望日覺得很有壓力……她還差一點點才及得上雨弓的肩膀。

而且雨弓一直沉默，只是用薄酒紅的瞳孔靜靜的注視她，讓她那種壓力感越發升高。

「結果，」雨弓終於開口了，「妳還是打算撩下去？」

「……不要說得跟下海一樣好不好？」望日皺眉，「就、就看不下去而已。好嘛，我知道不關我的事情……但、但是……我就是會生氣，覺得很生氣。」

雨弓無言。這傻瓜孩子。跟他當年一樣的傻。義憤填膺哪有什麼好下場……「人家只會覺得妳狗拿耗子多管閒事。」

「別人關我屁事。」望日扭開頭，「反正只是業餘賽，我已經說好不洩漏資料不露臉。」沉默了一下，「反正也沒有人知道我的任何資料，官方也不會為了我這麼個小人物給自己惹麻煩的洩漏什麼。」

雨弓也安靜了，輕嘆一口氣，「時間這麼緊，就算是業餘，團體賽重要的不是個人表現而是默契和戰術。妳又……總之，打不好全是妳的責任。所有的人都會責備妳。」

「我若是會在乎別人的閒言閒語，也沒辦法撐到現在。誰在乎啊！」望日將頭一別。

妳在乎啊，很在乎。不然怎麼會像隻凶猛的刺蝟，狂暴的反擊和拚死命的證明自己？

但雨弓沒有戳破她，「為什麼妳會考慮呢？他們跟妳有交情嗎？」

「沒有。」望日看著地板，「頂多在修羅殿競技時交手一下。但他們……都是台灣來的。而且……把我當成一個可敬的敵手，而不是……女人。」

說著說著，她又火大起來，「我知道水往低處流人往高處爬，但是都要比賽了，兩個主力突然跳槽到勝率比較大的隊伍……這算什麼啊?!友情啊戰鬥情誼啊，比不上勝率和獎金嗎?!」

「既然妳都有定論了，那問我做什麼呢？」雨弓冷靜的問。

……就是。為什麼要問雨弓？

「我不知道。」望日低下頭，「大概是……我不認識其他人。」真的就是個……孩子。面對充滿敵意的世界只會豎起全身的刺，跟她完全沒關係的不公不義只會怒氣勃發的衝撞過去。

輸或贏，都不會有什麼好下場。他知道的。因為當年的他也是如此。

「就這樣吧。」他無奈的笑笑，「哼哼哼，我和妳。他們還缺兩個人不是嗎？」

……哈？

「我、我沒有要拖你下水的意思！」望日慌張得有點語無倫次，「我只是、只是，我不知道……我想找個人商量，就、就是……」

「行了。」雨弓淡淡的阻止她，「團練的時候通知我。」

看著他越去越遠的背影，望日也不知道自己在想什麼，突然追過去，拉住雨弓的袖子。

雨弓睥睨的看她，讓望日覺得更困窘。「你……還是好好考慮一下。我知道，你不喜歡……雖然不清楚為什麼。這是我的手機號碼……你改變心意的時候，傳簡訊給我。」

「小姑娘……隨便把手機號碼給人是個壞習慣。」雨弓笑得有些邪惡，「所以說，太有魅力也是麻煩事……但誘拐兒童的罪罰很重，叔叔又不想以身試法。」

這個該死的自戀狂！

「隨便你怎麼想！反正我說啥你也沒在聽！你根本就是個選擇性失聰的水仙花、自戀狂！」望日氣得縱狂風而去，擾得平靜的荷湖波瀾洶湧，刮亂了雨弓的頭髮。

到現在才爆發……脾氣雖然倔強，倒是意外的能忍。或許是，有著野獸般的直覺，能夠本能的區別善意與惡意吧。

手機號碼這種東西……之後他下線醒來，打開自己手機的通訊錄。只有寥寥幾個號碼……沒有半個是私人電話。

他默默的輸入，註明「小望日」。

望日一早的心情就很惡劣。

她覺得自己很蠢，蠢到不行。明明自己可以解決的事情，為什麼要去徵詢那個自大又自戀的雨弓。

還給他手機號碼……我瘋了嗎?!

雖然說，一直很注重隱私權的她，和前男友分了以後，她就換了手機號碼，並且申請了手機鎖密，想從手機號碼追查她是不可能的。補習班也只知道她家裡的電話，她的手機通訊錄一片空白。

她的手機就是拿來代替GPS，當當鬧鐘，玩玩小遊戲，看看電子書的。聽音樂，或者有時看看電競比賽。

喔，還有。因為她獨居，誰知道幾時會有三長兩短，必要的時候可以撥一一〇或一一九。

所以她心情不太好的刷牙時，手機會突然響起，她的確嚇了一大跳。

保險？推銷？可能性還滿低的。她額外付費就是為了確保她的手機號碼不會流到任何人手上。打錯還比較可能吧……

匆匆漱口，她拿起手機，遲疑的，「喂？」

「聲音果然是大女孩了，但個性卻是小孩子，挺衝突的。」低沉微帶沙啞的聲音傳來，還有非常熟悉的哼笑。

「……我是叫你傳簡訊不是讓你打來！」

「確定一下嘛。萬一妳給我某個警察的手機號碼怎麼辦？」他輕笑一聲，「團練通知我。」然後就掛手機了。

混帳！可惡的自大水仙花兼自戀狂！一點禮貌都沒有，不知道要說再見嗎?!

望日忿忿的回去繼續梳洗，換好衣服後，看著被她摔在棉被上的手機。最後她還是把手機撿起來，默默的將來電顯示的號碼輸入通訊錄。原本想註明「水仙花」或「自戀狂叔叔」……

最後還是註明了「雨弓」。

……為什麼我要去找他商量，還給他手機號碼呢？

她真覺得自己是白痴，並且深深的自我譴責與懊悔。

* * *

囂鬧的阿努城，南腔北調，各國粗口簡直成了語助詞，但真的攔街打鬥反而很少。

畢竟涅盤狂殺已經開服有段時間了，從一開始的萬分混亂到現在，即使是無法之地，也開始有了很基本的秩序。

當然你也可以攔街開殺，系統大神包括阿努王都不會管你……但人外有人天外有天，自認為是高手，總是有更高手會覺得交通堵塞很煩，用秒殺來解決這個交通上的大問題。

就算是仇人相見分外眼紅，也會拖去路邊打，不要阻礙交通，省得惹來莫名的殺身之禍。

但是，穿著幾可委地的暗沉披風，覆面直到鼻端的少女刺客沉默的走過鬧市，連在路邊打得很熱鬧的路人，都會不約而同的停手，屏息靜氣的看著她走過去。

在尚武成風（瘋？）的涅盤狂殺，無疑的，這位名為望日的少女刺客，一直都是最神祕，卻也最有話題性的一位——同時也是脾氣最差的。

曾經有人在路邊廝殺，結果不小心範圍攻擊波及到她……一般的高手都會視為意外，不會多做計較。但是她乾淨俐落的刷刷兩下，連武器都沒看清楚，雙方已然割喉倒地，化為白光前最後的影像，是她冷漠沒有感情的眼睛。

作為一個意圖問鼎電競的全息網遊，官方可說是竭盡全力的塑造明星。即使只是同遊戲群而非涅盤狂殺的玩家，也很喜歡看涅盤狂殺的電競，甚至相關的節目也很熱門。

長期盤據前十的高手不消說，必定是訪談的主要對象，還常有廠商主動捧錢來贊助，前五十名寥寥無幾的女玩家更是被捧得亂七八糟，粉絲眾多又忠誠。

唯一從來沒有露過面，嚴厲拒絕官方訪談的，只有這個大劍師刺客。

所有的個人資料，都是一片迷霧。唯一知道的，就是她身處台灣，年紀大約在二十到三十五中間。這還是跟她敵對的前公會洩漏出來的消息。

但最多就這樣了。她和男友同在前公會的時候，一直都像個隱形人，男友開朗熱情，卻幾乎沒提過她的事情，也沒有人感興趣。後來那個男孩子跟公會主補相戀，倒是含蓄的提過他的不得已——有個粗魯野蠻愛慕虛榮又善妒無理取鬧的女朋友，真是人間最大的不幸，不趕緊甩掉她還等啥？

後來望日突然崛起，唯一知曉她真相的男友已經轉服，想知道啥八卦也無從問起了。

神祕、漠然，冷靜華麗的殘暴。十步殺一人，千里不留行。她從來不跟人開口，和前公會與女神信眾為敵時，幾乎抵達全民公敵的地步，她的話還是很少。

望日的粉絲最崇拜她的就是這一點。高手才不跟人廢話……他們直接要對方的命來與人溝通。

這世界真的病了。望日默默的想。她身後跟了一群鬼鬼祟祟的尾行者，卻不是來暗殺她的。

可以幹的事情成江倒海，結果他們浪費月費[33]來當個有跟蹤癖的粉絲……天知道她從來不跟人講話，尤其是這些莫名其妙的腦殘粉。關她什麼事情？她做什麼了啊？

她默默的到了修羅殿，進入預約好的小議事廳甩上門，才把那些跟蹤粉關在門外。雨弓還沒來，但其他三個隊友已經緊張兮兮的站起來致歡迎辭和感謝。

「客套話就不用了，人不親土親。」她拉下覆面和兜帽，露出額頭紋著梵文刺青的豔麗臉龐——當然比不上其他沉魚落雁閉月羞花的修羅女，她也是懶得微調的那款

——「你們前兩個月的賽程我看過了……成績似乎不太理想。」

「小望日，妳也學會客氣了？」雨弓熟悉的冷笑從背後傳來，「比淒慘還下三個檔次。既無戰術也無技術……你們是去亂的？還是當肥料？」

「……雨弓！」望日惱怒的瞪他。她覺得自己已經夠不擅長人際關係了，沒想到還有人比她更糟糕。有第一次見面就群嘲的嗎?!

結果這三個沒出息的傢伙居然卑微的唯唯稱是。

……這種個性，還打什麼比賽？沒有一點競爭心！

「可是，」當然看起最軟弱的詩人卻小聲的說，「我們不想輸。不想被人說台灣的隊伍就是……第九流。」

廢話。在涅盤狂殺，台灣人是稀有族群，大陸人和韓國人才是大宗。

「哼哼。」雨弓笑了兩聲，卻不是譏笑的那種。「那兩個滾蛋你們才要高興。不能帶領風向只有個人英雄主義的傢伙，才不是主力，而是累贅。」

33：月費，網路遊戲的付費模式之一，即所謂的月費制。

「如何？」他看向望日，「我來帶隊，可以吧？」

結果其他三個隊友也看她。

看我幹什麼？我又沒有打團體賽的經驗！我只是被邀來補位的啊喂！

但她沒細想，在這五個人當中，她的個人排行是最高的，而沒有人認識雨弓。坦白說，她知道雨弓個人武力非常厲害，厲害到不行。

可團體賽不是個人秀……她這沒打過的人起碼也看過很多場比賽。領隊不是人幹的工作……簡直要超人到非人的大局觀和神感應才能幹得好。一個隊伍的成敗往往就看領隊。

「……你有把握嗎？」她悄悄的密雨弓。

雨弓笑而不語。表情很倨傲、自信，甚至有種壓力巨大的霸氣。

不知道為什麼，就是會想相信他。

好吧，她是信了。看起來其他隊友也被唬住，應該也信了。

這支倉促成軍，只團練了兩個禮拜的隊伍，初試啼音，卻用種君臨狂暴的方式，打敗了上一週的週冠軍，轟動了整個涅盤狂殺。

其實成軍第一天的時候，雨弓只是個別談話了一會兒，就宣布各自活動，而且下線了。

他還是改不掉老習慣，喜歡把所有的資料彙總，然後一遍遍的看比賽影片，仔細分析，然後找出缺失和難得的亮點。

這三個幾乎都是輔助或坦……「詩人」春花秋月，「阿普沙拉斯」開心心，「千目」啦啦啦。

……坦白說，取名字真的很重要。詩人的名字就算了，其他兩個人是怎樣……？你讓主播和賽評提到你名字的時候，心裡不會一陣無言嗎？

涅盤狂殺的團體賽，其實就是遊戲群相雷同的公會戰。只是規模更迷你，各自的主廳和城門比較簡易而已。最後目的還是破壞靈魂熔爐，只是為了電競的可看性，免除了固守的時間罷了。

兩主城間只有一條道路，當然，走道路是行軍最快的方法，但是大部分的人都會捨棄這條便捷的大道……太容易被埋伏襲殺，尤其同隊只有五個人而已。如何進攻防守，都有千變萬化的組合。而穿越叢林卻是件危機四伏的事情，裡頭有許多怪物遊蕩，固然可以襲殺怪物取得增益狀態，但是若是被敵方逮到，些微失誤可能導致滅團或戰敗。

所以遠偵技能或遠偵道具變得不可或缺……武力值貧弱卻高血量的「千目」會在這隊伍，應該就是為了他的遠偵技能吧？

這是個很保守的組合啊……而且是非常明顯的三保二。這三個小朋友坦白說，就是熟手——玩得很熟。但連能手都算不上。

他們兩個前主力攻擊手都是法系，的確比這三個平庸的小朋友強很多，幾乎算高手了。

但這樣保守的組合還是很有發揮空間的。還別說，雖然這樣保守組合已經很老梗了，但老梗能夠歷久不衰，一組永久遠，一定是有他的道理在。

之前只是粗略看過，現在仔細研究，果然如此。問題就在這兩個主力身上。三個小朋友平庸歸平庸，倒是穩紮穩打……就他們的組合和能力來說，這也是最好的應對。

但輸出主力卻總是在會戰時暴衝，還是兩個不同方向的暴衝，結果其他隊友只能慌亂設法保人，陣型大亂，身為坦的千目先倒，先失去遠偵的視野，然後半坦的詩人再倒，增益效果和坦都沒了。皮薄的阿普沙拉斯早在混戰中身亡，連最後保命的補師都香消玉殞。

那兩個罪魁禍首的暴衝主力，卻頂多只能把人打掉半血，各打各的，最後在隊友陣亡後，也難逃慘死的命運。

果然沒有技術也沒有戰術啊。

這樣保守的防禦型組合，卻搭配他們兩個刺客型攻擊手……其實不太好。魔劍只算半個遠程，主要輸出還是近戰。小望日麼……則是個真正的刺客，徹底的近戰。

……如果是很久以前的他，大概會破口大罵全是垃圾，然後拒絕出戰吧？

只是人都是會改變的。

現在他只覺得，這樣的組合挺有趣的。說不定……能夠別開生面、一鳴驚人。

雨弓是個大膽到有點異想天開的傢伙。這是望日唯一的感想。

就攻擊力而言，我方明顯偏弱，但他卻要望日隱匿尾隨，領著三個隊友直接從大道直奔對方主城，連留個人看家都沒有。

他對望日唯一的要求就是，絕對不能輸，最少要帶走一個。他和三個隊友只管暈眩混亂一下追兵，最多只讓阿普沙拉斯給她上個回血技能，就扔下她繼續急行軍。

在他們逼近敵方主城時，還在叢林跋涉的敵方才醒悟過來，急急的回防。但卻被從陰影突襲而出的望日瞬間收去一條生命，總是讓她殘血逃脫。

但敵方的行軍卻因此遭遇到很大的困難。數次追上雨弓的隊伍，卻被暈眩混亂，連開戰都不跟他們開戰，而是留下補滿血的望日和剩下的人糾纏，一個不當心又是一條命沒了。

涅盤狂殺團體賽的重生點不在主城內，而是城外的墓地，距離主城有段距離。敵方醒悟到自己的錯誤，緊急傳送回主城。但是復活在城外墓地的兩個人卻陷入尷尬的情勢。

但畢竟是上週的週冠軍，被這種不正規打法一下打蒙了，卻很快的反應過來。真正有威脅性的就是兩個主力刺客，而攻打城門時，曝露的刺客並沒有優勢。這時候裡應外合，己方的總攻擊力遠高於對方，只要秒掉魔劍和刺客，對方就是沒牙的病貓了。

他們的想法挺正確的，理論上來說也應該毫無懸念。只是沒想到雨弓的隊伍相反的收起獠牙，魔劍能隱匿，刺客可以藏於陰影之中。而身為血牛和半血牛的千目與詩人，在阿普沙拉斯的高補血量加成下，熬過第一波攻擊。

當所有的大招都打在主坦和副坦身上，卻沒有任何人死亡，其實是個不妙的消息。這表示，他們所有的技能都在冷卻時間[34]裡，短時間內除了普通攻擊沒有其他能力。

現身的魔劍和刺客聯手，像是綻放了死神的蓮花，飛快的收割了敵方所有的生命。敵方在墓地等待復活的時候，已經擊破了城門，攻進主廳，破壞了靈魂熔爐。

血量和魔量都抵達一個極度危險的低點，雨弓甚至只剩六十八滴血，阿普沙拉斯所有的魔量已經完全乾涸。但全體存活，並且一股作氣的一波到底，獲得這場接近不

34：冷卻時間，cold down，簡稱CD，意指技能或法術使用過後重新再施放所需的時間，用以避免玩家連續施放強大技能，導致遊戲中強度失衡的設計。

可思議，逸脫常規的戰役。

「攻擊是最好的防禦。」雨弓淡淡的笑，睥睨得接近傲慢，「但只會攻擊卻不懂何時該防禦，就只是莽夫而已。」他點了點自己的太陽穴，「那些小鬼的大腦結構跟我是沒得比的。」

……這表情，真是徹徹底底的自戀狂叔叔。

「是，是。」疲倦的望日撐著臉，「但這招下次就不靈了……我打賭以後道路上充滿殺手……路很長，兩旁的草很密。千目再厲害，也沒辦法透視障礙物……」

草叢岩石視同障礙物，遠偵技能是無法穿透的。

「小望日。」雨弓按了按她的頭，「真沒想到妳的大腦結構也如此單純。果然還是小孩……」

望日一把推開他的手，「我也沒想到你選擇性失聰嚴重到這種地步！告訴你一萬次有了，我成年很久很久很久了！」

雨弓笑而不語……但表情卻很欠揍。像是在說「小孩子就愛裝大人我能理解」那種欠揍法。

望日的臉都青了。她有股深沉的衝動，想要把眼前這個自戀又自大兼耳朵有毛病的水仙花叔叔，大卸三十六塊，拼都別想拼起來。

原名叫做「KILLER」的肥料戰隊，改名為「雪山飛狐」之後，突然一鳴驚人，打敗了頗有人氣的業餘戰隊，上週的週冠軍「IDC」，整個轟動武林驚動萬教了。

當然也不乏酸民在那兒酸，「還不都是靠望日？其他人一樣垃圾……」之類的。

但「雪山飛狐」全體緘默，連望日也不改漠然的態度……事實上她根本沒看那些評論……只對這個新隊名有很大的不滿。

她對文青風很過敏，所以頂著這個隊名格外的不舒服。

「為什麼是這名字啊？」她對雨弓發脾氣。

「比賽前晚我在看金庸的雪山飛狐。」雨弓連眼皮都不抬，正在專注的看賽事重播。

……果然是叔叔級的古老興趣。閱讀上個世紀的武俠小說當娛樂。

結果其他隊友毫無異議，對這個講話簡潔到極點，從來不罵人，卻用更讓人難過、睥睨而輕蔑的態度造成嚴重精神傷害，簡直是獨裁暴君的隊長異常馴服和崇拜。

……這些人是怎樣？天生的M嗎？

但相處久了，她也知道不是這麼回事。在涅盤狂殺選擇輔助或坦簡直是自虐的行為……單挑就沒有優勢了，萬一被圍毆只能閉目就死。她發現，會選擇輔助或坦的人，通常個性比較溫和，通常都是陪著朋友一起玩的，有點任勞任怨的老好人。最少春花秋月和啦啦啦是這樣。戰隊沒團練的時候就被公會拖走……大概也只有推副本才想起這兩個工具人。

但好歹這兩個男生還有好勝心，一堆朋友。但連公會都沒有的開心心為什麼會在這兒，就顯得很謎。

很內向羞怯的女孩子。在涅盤狂殺這個男女比例異常懸殊的鬼地方，這麼一個阿普沙拉斯應該是色中餓鬼們眼中的肥肉。放下身段……不，只要多點笑容，就可以吸引大批的騎士團，隨便她呼風喚雨，眾多貢品都能收到手軟。

但開心心幾乎不出修羅殿，沒有團練的時候就在專屬的戰隊休息室擦擦洗洗、縫縫補補。偶爾排排練習戰，賺一點微薄的積分貨幣，幾乎都拿去買布料和針線，是個生產技能練得很高的裁縫師。

每次進入戰隊休息室，望日都會滿臉黑線加冷汗。完全粉紅可愛風，好像誤入哪家夢幻少女的閨房。

但除了這些做興趣的布置外，她親手縫製的戰袍，卻不是給自己穿的。偶爾外出，也是春花秋月和啦啦啦陪著，可也不見他們穿她親手縫製的戰袍。

「開心心不是我們哪個的女朋友啊。」有回啦啦啦很率直的說，「她有男朋友呢！就是我們前任的隊長啊！」

「……跳槽那兩個之一？」望日破天荒的詢問。

啦啦啦神經很大條的點頭，「她男朋友是殺爽爽。很厲害呢，第七十還是第七十三……」

「七十八啦。」春花秋月沒好氣，「高手又怎麼啦，排名會比女朋友重要嗎？把人家女孩子拉來玩，結果不聞不問。開心心是補師、補師欸！天天被殺歪，他只會罵開心心……只有需要補血的時候才想到，切～」

「吼，人家的家務事你管那麼多?!」啦啦啦緊張的四下張望，「開心心聽到會很難過的……你馬好了，噓噓噓……」

「噓我幹嘛啦。」春花秋月更不爽，「該噓的根本就是……」

「……所以你們接送她？」慣來沉默的望日問了。

啦啦啦和春花秋月對視一眼，「……同戰隊的隊友啊。」啦啦啦搔了搔頭，「怎麼說？她本來就不愛打來打去，但是殺爽爽和不解釋一起跳了，她卻留下來。也幸好這樣，不然連補師都跑了，這個戰隊……想找人補都補不上。」

春花秋月依舊不爽，「人家女孩子這麼有義氣，我們怎麼可以沒義氣呢？」

……這麼內向羞怯的女孩子，居然還知道「義氣」。

看著完全不適合在涅盤狂殺的開心心，望日心底有種惆悵的感慨。感同身受吧。和以前的她，多麼相像啊……

冷不防的，她對開心心說，「夠了吧。既然不聞不問，何必替他當工具人？連跳戰隊都沒帶上妳。」

開心心嚇了一大跳，針戳到自己的手，滲出嫣紅。望日完全忘了這只是個全息網遊，緊張的握著她的手看，「要緊嗎？」

「不、不要緊。」開心心真正的被嚇到了。比起冷淡、威勢甚重的雨弓隊長，她其實更敬畏崇拜同為女生的望日。

那麼堅強勇敢、自由，冷眼橫目面對所有的不公平。

就算一點點也好，跟她有一點點像就好。

只是……沒辦法。她就是……這麼軟弱。

「……也、也不算什麼工具人。」開心心羞澀的笑，微微有些苦味，「只有這樣，他才會有……高興的笑容。」

望日默然，再開口時有種冷漠的疲倦，「但他關心過妳是笑是淚嗎？」

一室寂靜，良久良久。

她……大約不會再開口了吧。望日想。而且我也管得太多了。

在望日想轉身離開時，開心心幽幽的說，「……他說，就算在遊戲裡，也要給他一點空間。他說，我的實力跟不上，所以不帶我走。他還說……我們隊沒救了，趕緊離開那群……」

開心心拭去眼角的一滴淚，聲音變得很小，「但是我覺得，我們隊很好。大家對我……都很好。我……我是笨，老是把人補死。但是啦啦和秋月，從來沒有怪過我，還一直教我怎麼作……知道我很怕死，要出門都是他們陪著。」

「我不想離開這裡。我會努力的。」破破碎碎的說完，她掩著臉哭起來。

傻女孩。溫柔善良的……傻女孩。

遞了手帕給開心心，望日默默的離開了戰隊休息室，行行復行行，直到殿後荷湖。

果不其然，雨弓在湖心亭飲酒沉思。

「雨弓，那個叫什麼殺爽爽的，在哪個戰隊？我們會碰到嗎？」她冷漠的語調卻沁出濃重殺氣。

「要連續拿三週週冠軍才碰得到喔。」雨弓撐著頰看她，「他們積分很高。聽說，已經有企業對他們感興趣，若是這次業餘賽奪冠……大概會被整隊簽下來吧。」

「我不允許。」望日冷淡的說，「雨弓，不管你要怎麼訓練我，再怎麼艱苦我都會熬過去……」她的雙眼竄出怒火，「但我一定要把他們全隊都殺爛，特別是那個傢伙，讓他被殺得非常爽！」

雨弓定定的看著她，好一會兒才發笑，「哼哼哼。望日小朋友的正義感意外的強烈呢……」

望日猛然的把手拍在石桌上，讓酒壺和杯子為之一跳。「不要偏離主題！而且我不想再重複辯解我已成年的事實！」

「孩子，這是團隊賽，個人技巧的高超只是基本功而已。」雨弓撐著臉頰，「不過呢，妳有服從上位的頑固原則，作為上位者，自然要回報妳的忠誠。只是妳要有心理準備，面對那支隊伍時，那個軟弱的阿普沙拉斯，會變成不穩定的炸彈，很可能因為她而導致戰敗。這樣，妳還想拚嗎？」

……當個隊長就上位者啦？鬼才對你有忠誠！

但她已經快氣爆了自己的肺，懶得與他偏離主題的鬥嘴皮。「雨弓，你不了解女人。女人不是只有一種面貌，更不是只有軟弱的那一種！」

她忿忿的離開，披風張揚的飛舞起來，轉身的片刻，看得到額頭的梵文刺青鮮豔得幾乎像要滴出血。

憤怒得像是一團火，非常美麗狂亂的火。

那傢伙的隊伍好像叫做「天國」吧？該怎麼設計戰術呢？被烈焰吞沒，失火的天國，感覺就很有看頭。

他很熱切的期待起來。

*　*　*

在健身房的休息室，頭上披蓋著毛巾的望日正在設法把太急促的呼吸調整過來。雖然還是不知道雨弓那自戀狂的來歷，但他的建議的確很受用……體能提升上來，更能夠協調四肢，在全息網遊就能更靈敏矯健。

但健身房教練勸她不要練得太狠，容易運動傷害。今天她也的確有點過頭了……明明不關她的事，卻煩悶得找不到出口，只好拚命發洩體力。

「汪老師？」一個年輕俏皮的聲音點醒了她，回頭看，是她補習班的學生。年輕的小女孩嘰嘰聒聒問了一大堆，望日只是點頭搖頭和微笑，這樣小女孩就很高興了。

「真看不出來欸，」小女孩可愛的偏著頭，「汪老師這麼斯文的人，居然會來健身房。」

「妳不也在這？」望日淡淡的。

「我是來減肥的啊。」小女孩忿忿的捏著上臂，鼓著蘋果似的臉頰，「老師妳看，好肥啊……都被朋友笑死了。」

……妳好像才國二吧？嬰兒肥還沒褪乾淨而已，減什麼肥？

但望日沒多說什麼，只是淡淡的笑。

「還是老師的身材好。苗條又纖細。腿好長好光滑……」

望日拍掉她的手，「喂喂，這是性騷擾。別鬧了，再鬧我不幫妳修照片了。」

「對不起啦老師，對不起對不起……」小女孩苦苦哀求，蘋果臉都皺在一塊。

淋浴後踱出健身房，慢慢走回家時，她想。身材……好？

光論皮膚和長腿，那倒還是不錯的。可惜她的胸圍跟她的心眼差不多32A^{-}。很天使的身材，卻沒有天使的臉孔。

回到家開了電視，根本不關心電視在播什麼，只是希望有點人聲而已。熟練的做著簡單的晚餐，她對自己的手藝是很有信心的。

吃過了飯，清理廚房，雖然早上出門前已經清掃過了，她還是又擦了一遍地板……反正她的套房也沒多大。

瞥見書桌上的電子照片有點灰塵，她細心的擦拭一遍，裡頭是她就業後過世的父親。笑嘻嘻的，對著鏡頭比著勝利的手勢，她敢說，拍照時他一定喊著「起司」，才能笑得那麼齜牙咧嘴。

她對自己母親的印象很薄弱……他們家就是很單純的單親家庭，母親早已再婚。與其說是爸爸照顧她，還不如說是她照顧爸爸。廚藝和家務能這麼嫻熟，就是有個靠不住的爸爸。

一直都很愛亂跑，研究什麼有機農業，帶著一群學生在外面瘋。都沒想一個國小的小朋友一個人在家害不害怕。

但也只有這樣瘋瘋癲癲的爸爸，才會吃到半生不熟的蛋炒飯大讚好吃，把衣服都洗花了，他也驚喜的說，「陽陽好能幹」，很驕傲的穿出去。

大概就是這樣，雖然嘴裡會抱怨，但她真的很愛大孩子似的爸爸。很甘願為他燒飯打掃，等他回家。

她的名字就是爸爸取的。汪陽。她是個早產兒，據說有一度非常危險，年輕的爸爸含淚取了這個非常男性化的名字，希望能把她保下來。

仔細想想，爸爸跟她也是聚少離多。但她很清楚爸爸愛她，她也很愛爸爸。從來不覺得自己的童年和青少年有什麼遺憾，骨子裡的倔強和反骨為了不讓爸爸擔心，一直壓抑的很深。

或許是壓抑得太深吧。喪父後顯得失落而楚楚可憐的汪老師，沉默溫柔的汪老師，才會吸引了去電腦補習班學程式語言的前男友。

說起來，她也有不對的地方。土石流帶走了她的父親，在這麼茫然無所適從的時候，沒有好好思考就握住了一雙伸出來的手。

終歸是自己不成熟。男朋友並不是爸爸，誰也不該是誰的替身。尤其是，溫柔體貼，只有不用諜對諜的家人才適用……男朋友，是不夠格的。

所以她傻了一回，被人當成軟弱可欺，予取予求，甚至連劈腿分手都被惡狠狠的踏上幾腳，完全是自作自受。

男人這種生物，太奇妙了。溫柔體貼順從，只會軟土深掘兼輕視。有好心的同事跟她講，要軟硬兼施，要盡心機才可以。

太麻煩了。

還不如去健身房揮灑汗水，回家做飯吃吃、打掃打掃。等該睡覺的時候去涅盤狂殺，乾脆俐落的撒潑。

不用壓抑，無須偽裝。

最少對自己比較好。

看到開心心的時候，望日啞然失笑。還奇怪今天怎麼特別多愁善感……原來是有某個傻女孩勾起過往。

「哪，妳有沒有想過，若是妳繼續在這個戰隊，可能有一天必須和妳男朋友的戰隊互打喔。」

開心心張大眼睛，原本有些茫然的眼神漸漸堅毅。「……我跟他提過。他說……就算是太陽從西邊出來也不可能贏。因為……我在這個戰隊。」

「一次。就算一次也好。我想打贏他，不要那麼瞧不起我了。」

我對了。女人的面貌本來就不是只有軟弱的那種而已。

「妳的希望，我切確的收到了。」望日站起來，梵文刺青下的眼睛閃爍著戰意。

接下來一個月的循環賽，闖出了一匹狂暴的黑馬。

原本以為只是大意失荊州的「IDC」，在其他戰隊和「雪山飛狐」對戰時，才悚然一驚，對如此變化多端，戰術毫無脈絡可循，強悍到簡直爆表的「雪山飛狐」完全束手無策。

以為他們會倚賴兩個主力攻擊手而發起突襲時，他們以逸待勞的用極度保守的守城會戰，盡殲敵方於己方門口，卻不趁此急行軍攻打敵方城門，而是轉往敵方墓地，再度發起會戰，剛剛復活猝不及防的敵方又被殲滅第二次，這才利用第二次復活需要更長時間的時間差，一波到底的獲得一勝。

可若模仿他們的戰術，卻往往是失敗的。以守城為主，想要以逸待勞。雪山飛狐卻會將叢林所有怪物盡殲，敵方需要面對的是滿血滿魔並且充滿各式各樣增益狀態的雪山飛狐，連在自家門口會戰都會被殺殘，根本無力阻擋他們的進攻。

改入侵野區，卻得面對兩個會隱身的魔劍與刺客聯手，不斷減員。分成兩撥人，一面應付棘手的魔劍或刺客，一面急攻對方城門……一直被輕視的千目、詩人和阿普沙拉斯，卻又呈現了出人意料之外的抗壓性，總能守到魔劍和刺客回防或破壞敵方城門。

像是自己所有的戰術都被看穿了。不管願不願意想不想，雪山飛狐的隊長雨弓，因此聲名大噪，澈底的被注目了。

但雪山飛狐就是一群啞巴，連官方訪談都拒絕了，別想從他們口中挖出什麼。啦啦啦和春花秋月覺得很命苦。因為他們是隊伍裡看起來最和藹可親，有公會有朋友的人。

問題是，雨弓隊長就是望日帶來的，其他一無所知。當初他們的想法也只是死馬當成活馬醫……誰知道不但醫活了，還成了這麼猛的黑馬。

「你們去問望日吧。」春花秋月被煩不過，「只有她才清楚。」

眾皆啞口。他們又不是十大高手，而望日出了名的壞脾氣。但沒想到望日和神祕

的雨弓原來是有關係的啊啊啊～

人的想像力是很豐富的，加油添醋更是強項。所以傳得滾滾滔滔，直到桃色繽紛的地步。

可惜兩個當事人，一個實在太凶，沒人有膽問。另一個除了冷笑，就無壓力經過。沒有看到八卦眾期待的反應，實在太令人扼腕。

涅盤狂殺的玩家，對業餘賽有種異乎尋常的熱情。

雖然只在網路播放，還是把頻道塞得爆滿，異常lag，觀看人次起碼是十萬起跳。更不要說在遊戲內開打時，許多人拋棄推副本打公會戰的機會，跑去現場擠著看整晚。

當然，職業戰隊比賽更有看頭，而且是電視播放。美技紛呈戰術奧妙，職業選手往往是偶像級人物。

但是距離玩家實在太遙遠了。會跑來這個成天打打殺殺的全息遊戲，往往都有個強者夢。但跟超人類的職業選手比起來……實在是遙不可及的目標。相反的，業餘賽的選手幾乎都是耳熟能詳、真正在涅盤狂殺打出點名聲的玩家，戰術或許不是很完美，個人操作也常常關鍵時刻就出槌。

不過，就是因為這樣，才會覺得很親近。甚至會產生「我若再努力點我也可以」的錯覺，這就是為什麼業餘賽會這麼熱門的緣故。

這一天，整個修羅殿更是大爆炸……雖然只是八強賽。但是緋聞兩主角沒有新資料足以補充，光靠腦補也很沒意思。可雪山飛狐本身有八卦啊！兩主力跳槽天國，當中一個和現在雪山飛狐的阿普沙拉斯還是男女朋友……光這個復仇與情侶對決就夠有可看性了。

雨弓淡淡的個別叮嚀需要注意的事項，一如既往。但輪到望日的時候，他卻只是靜靜的看了一會兒。

「我沒有任何指示要給妳。」他微微露出有些邪惡的笑容，「隨便妳怎麼做。但是……我要看到失火的天國。」

「……我跟你說過，我對文青風很過敏嗎？」望日將覆面拉到鼻端，兜帽陰影下的梵文刺青鮮豔如血，「更何況，怎麼可能只是失火而已？」

這一場，完全是望日的個人秀。連雨弓也只退身輔佐，雪山飛狐非常難得一見的四保一戰術。

一直自我封印棄置不用的大劍師技能，在這場比賽中發揮得淋漓盡致，比起最初更進化到令人髮指的殘暴。

挾帶著無數飛舞的緋紅匕首，揮舞著不斷變形的重兵器，完全不知道會出現巨弩還是連枷，死神鐮刀或長戟。爆炸的威力更驚人，時機也更陰險詭譎。

敵方唯一知道的是，不管出現什麼，最終就只能面對死亡的恐懼。兜帽陰影下的眼睛，沒有絲毫感情。

這完全是單方面的虐殺，根本沒有戰術可言。真要說戰術……就是跟著狂暴得像是出軌高鐵一樣的望日，從自家門口殺到敵方門口，卻連城門都不摸一下，就是殺人、殺人，再殺人。

敵方殲滅了不知道多少次，但死得最多最慘的是主力殺爽爽。

最後天國在城門未破的情形下，全體通過投降，結束了這場太過殘虐的競賽。

「果然不是失火而已。」雨弓撐著臉頰笑，「哼哼哼……精神面的暴力強拆啊。」

「聽不懂你在說啥。」望日轉頭。

她的憤怒的確燃燒完了。但打贏了天國，卻沒有想像中的高興。開心心那種惘然、有點高興，卻更擔憂的神情……

我真的是對的嗎？

望著如碧浪般翻湧的荷葉，望日有些惆悵。

「小望日，意外的溫柔呢。」雨弓閒閒的倒了杯酒。

「什、什麼?!」望日的臉漲紅，「胡、胡說啥？你又不知道……」

「我知道喔。」雨弓垂下眼簾，遮住了薄酒紅的瞳孔，「妳為什麼會憤怒，那個軟弱的阿普沙拉斯為什麼會鼓起勇氣……這都是很容易就能命中的推理。而且，」他抬眼看望日，有些戲謔的，「小望日，妳對叔叔沒有戒心了，這樣很不好呢……什麼都寫在臉上。我還以為我很收斂了，沒想到魅力這回事啊……」

你這無藥可救的水仙花自戀狂！

她憤然站起，很想把身上所有的匕首都扔過去。但是雨弓和她的程度……肯定毫無效果，只會被系統白白記警告而已。

結果她只能鬱悶的轉身離開，回到修羅殿排個人競技，把怒氣發洩在倒楣的敵手身上。

之後開心心還是參與團練，技術依舊普普，但表現很穩定。可能少了一點笑容，但似乎跟之前沒什麼兩樣。

還是她有回不小心聽到啦啦啦和春花秋月爭吵才略略知道了點什麼。

「隨便你！」春花秋月吼，「傳就傳啊，嘴長人身上，誰理那些莫名其妙。什麼跟開心心保持點距離……屁啦！你要看她一個人上街被殺爛是你的事情，我看不過去！」

「你扯到哪去啦！」啦啦啦也大聲了，「我只是說不要太親密，她跟男朋友已經吵翻了……現在又亂傳成這樣……我女朋友都快把我生吃了。而且對開心心的名聲也不太好啊……」

「你有女朋友，我又沒有，不會有人生吃我。」春花秋月冷冷的，「我們是一個戰隊的！我才不管那些屁人說啥屁話……我又沒跟開心心要臉書或電話，做人坦蕩蕩！單純看不過眼不行嗎？那渾球真的那麼重視自己的女朋友，就保護她啊！氣死人了……不跟你們這些人講了！」

原來，還是鬧翻了啊……

望日沒去打聽傳些什麼……用膝蓋想也該知道。反正不出那幾種，先說先贏，加害人變成被害人，看多了。

在涅盤狂殺……是個女人，真不知道該怎麼辦。溫柔順從任勞任怨不對，反抗不公不義的惡待，也不對。

這時候就覺得女神是正確的。反正怎麼做都不對，不如廣開騎士團，還能撈些好處。

只是，她或開心心，都辦不到而已。

結果她還是對開心心說，「抱歉。」

這個內向羞怯的女孩，先是驚愕，然後笑了起來。「副隊長，妳不要這樣……妳不適合低頭欸。一開始可能有點難過……或許吧，都在一起三年多了。但一個遊戲可以看清一個人……很值得。所以，副隊長，妳不要說抱歉。」

她的天真純潔褪去了不少，卻顯露出一種堅韌的特質。

「副隊長，」她笑得很可愛，「我……是不是有點像妳了？」雖然眼眶已經紅了。

沉默良久後，望日點了點頭，「……嗯。」

但她並沒有因此覺得好一點。

一路勢如破竹的打進四強，最後晉級與原本呼聲最高的戰隊爭雄……毫無意外的，獲得這次業餘賽的冠軍。

望日覺得，這根本是理所當然的。也不像別人講得天花亂墜，說什麼都是靠她之類的……才不是。

最重要的是，雨弓在這個隊伍裡，是隊長。任何一支能夠全心全意聽從（忍受得了）並且澈底執行他命令的隊伍，都可以輕鬆獲得一勝。

他本身武力超群，自不待言。但是戰略上的算無遺策、洞燭機先，那才是完全超水準的可怕。

若不是全息遊戲不會有分身、小號這種東西，她真懷疑是哪個職業戰隊的教練或隊長跑來客串了……而且絕對是頂尖隊伍。

望日麼？

她本來就不熟團體賽，更沒興趣去謀殺腦細胞。或許她是個忠實的觀眾……但不代表她會想當鍵盤分析師兼謀略家。

雨弓說該怎麼做，她照做就對了。這跟個人喜好脾氣沒有關係，而是能不能把事情作好。或許雨弓說得對，望日有著很頑固的原則，在必要的位置就會更必要的服從上位。

民主是很好，但在團體競技中，需要有統一的首領和意志，太民主就只會各行其是，最後就導致各式各樣的失敗。

她也不覺得啦啦啦他們會比較差。或許吧，個人技巧上普普。但他們服從命令，竭盡全力達成隊長發下來的要求，全心全意的。

光光這點，就戰勝太多美技無數卻只會吵架的戰隊了。

當然，她也不得不承認，雨弓跟大部分的人腦袋結構不同，優化得太過頭。在極短的時間內，既理解自己隊伍的優缺，又光看組成就能明白對方可能的進攻路線和強弱。一直到冠軍都拿到手了，望日還是感到很不可思議。

但是冠軍戰一獲勝，雨弓就下線了。望日想了想，也跟著下線。

別鬧了，等等頒獎一定一堆麻煩。讓啦啦或春花秋月去煩惱好了，她才不想去蹚渾水——隊長下線，第二順位就是她這個掛名的副隊長。不趕緊下線才是白痴。

經過了夢境系統的緩衝，她醒過來，時間真有點太早——凌晨四點半。

繼續睡可能會遲到，不繼續睡又不知道該幹嘛。

結果她泡了杯牛奶，拿了本小說慢慢的看。在緊繃精神的戰鬥之後，這樣靜謐的時光真是彌足珍貴……

直到手機的狂響驚破了這樣的靜謐。

神經病。五點半，就算打錯電話也不應該是這時間吧?!

「喂？」她心情不太好。

「望日小姐？」電話那頭的聲音非常緊張，「周儒彥先生現在非常危險，請問妳能連絡到他的家人嗎？」

……凌晨就有詐騙電話？你們全年無休還帶二十四小時便利商店啊？

「我不認識什麼周儒彥的。」她想掛手機了。

「但是他的手機通訊錄只有妳一個號碼，留給醫院的緊急連絡號碼早就不是他家人的了……」

……沒有人知道我的手機號碼。只有、只有……只有一個人。

她看向手機，果然來電顯示是「雨弓」。

有那麼一瞬間，她的血液像是全凝固了，然後又奔流得太快，心悸得非常厲害，喉頭異常乾渴。

「他在哪家醫院?!」

問明白了以後，她立刻撥電話給計程車行，隨便的換件套頭洋裝就奔出去了。

怎麼回事？為什麼會這樣？剛剛還活蹦亂跳的和他們一起打冠軍賽……為什麼才幾個小時，醫院就要發病危通知書了？

為什麼……他的手機裡，只有我的號碼？自從那次打來確定以後，連簡訊都不曾發過……為什麼他沒有其他人的號碼？

在毫無心理準備下，她意外的見到了現實的「雨弓」。

原來，他在修羅道的面容，是用自己原本的容貌當基礎的。只是非常蒼白、憔悴，瘦得可憐。瘦得……連手背的青筋都很明顯。

醫生安慰她不要擔心，剛剛的確很危險，但已經緩和了。「白血病已經不是什麼絕症了……定期服藥和化療就可以。重要的是要讓他好好休息，不要讓他太勞心或過度緊張……」

望日茫茫的看了一會兒醫生，胡亂的點點頭，在雨弓床前的椅子上坐下來。其實她也不太清楚自己在想什麼，只覺得一腦袋亂麻。

等天色一點一點的亮起來時，雨弓的眼皮動了動，緩緩的睜開來。和望日四目相對，他有些困惑。

「……雨弓。」望日的聲音沙啞得不像話，還有點哽咽。

瞬間他就明白了。醫院就是小題大作……他都能提早覺得不對勁，立刻下線撥電話求救才昏倒……幹嘛驚動到別人？

你看，嚇到小孩子了。雖然外表的確是大人了……但還是個外表強硬，內心卻很柔軟，對善意的人，總是替人想太多的小孩子。

「小望日乖，叔叔沒事。」戴著氧氣罩，雨弓含糊不清的說。「太有魅力了，閻王都捨不得收我呢。」

「……為什麼？」望日發抖……氣的。「為什麼醫院都要發病危通知書了，還不能改掉你的水仙花劣根性啊?!張大你的眼睛看清楚！你眼前是個二十五歲的成年人！你明明大我五歲而已！」

「論輩不論歲嘛。就心理狀態來說……我是小望日的叔叔沒錯。」

望日突然湧起轉身就走的衝動。而且後悔，非常後悔。剛剛為什麼要擔心得差點哭出來……

這真是她人生中最大的污點。

等雨弓因為鎮靜劑而含笑睡去，望日讓主治大夫留下來，談了好一會兒。

剛送來時是緊急急診，急診室大夫對這個病人不熟，非常危急，病歷原本的連絡人電話又已經非本人了，救護隊才會搜索雨弓的手機，導致只能連絡望日的烏龍。

但之後趕來的主治大夫就跟雨弓很熟，知道他的狀況。對於這個獨居到接近自閉的病人，會有人來探望和關心，感到訝異和欣慰，但又有一點兒擔心。

所以他將望日叫住，含蓄的表達了雨弓的病情。

……拜託。我不是雨弓那自戀狂的女朋友，更不可能跟他結婚好嗎？這種家族遺傳病跟我一點關係也沒有……

家族遺傳病。

原來雨弓的病是因為基因遺傳病的高危險群……父母雙方的直系血親都有因為白血病過世的記錄。只是婚前檢查沒有發現到，直到父母相繼過世，他也跟著發病，才發覺是這樣的緣故。

據說他發病的時候，才二十二歲，已經有八年病史了。

他還沒抵達法律強制規定不能結婚的標準，主治大夫只能規勸，才會跟她這個應該不相關的陌生人「閒聊」。

那天望日請假，心情非常不平靜。什麼事情都做不了，雨弓蒼白無助的臉孔一直在她腦海裡盤旋。

更重要的是，她對「周儒彥」這個名字有很稀薄的印象。

應該在什麼地方看過……不然這麼大眾的名字不會讓她留下淡淡的記憶……

她打開電腦，搜尋「周儒彥」。原本只是抱著僥倖的心理，搜尋結果卻有好幾十頁。

是了，沒錯。周儒彥。但他最有名的卻是他的ＩＤ，skywalk。

華雪的曼珠沙華遊戲群可能涵蓋了大部分的華人，但是在歐美，真正占大宗並且電競環境最成熟的，卻是以魔戒為基本背景，連名字都叫做「The Lord of the Rings」的全息網路遊戲。

這個中文翻譯成魔戒的全息網遊，野心很大，兼顧了角色扮演（ＲＰＧ）和DOTA[35]競技。某些骨灰級老玩家戲稱，這根本就是「哇~大聲笑」。就是曾經風靡一時的WOW[36]加上LOL[37]。

但不可諱言，當時就是「LotR」開啟了全息網遊的電競風潮，那時她才小六，根本沒玩過全息網遊，還是跟同樣沒玩過的同學熱切的討論昨晚的比賽。

skywalk就是在那時候崛起的。成名很早，在天梯個人賽排行幾乎常駐第一，其他人爭奪第二就好了。但LotR真正注重的是團體賽的排名，這才是電競的根本。

但skywalk所在的戰隊依舊獨占鰲頭。

理論上來說，既然skywalk不但是華人，還是個土生土長的台灣人，應該有眾多

35：DOTA，Defense of the Ancients的縮寫，原本是戰略遊戲魔獸爭霸Ⅲ（Warcraft Ⅲ）的一個自訂地圖關卡，因廣受玩家歡迎，經數年沿革後發展成獨立的遊戲模式。遊戲方式為與隊友合作，循一定方式拆毀敵對玩家的基地，或是在戰鬥中迫使敵對玩家隊伍投降。

36：WoW，World of Warcraft的縮寫，中譯為魔獸世界，為美國暴風雪娛樂公司發行的網路角色扮演遊戲。

37：LoL，League of Legends的縮寫，中譯為英雄聯盟，美國Riot Games公司發行的鬥塔類型遊戲。

台灣粉絲才對。事實上卻不是如此。

總之，他強得爆炸，但也一直都是個爭議性人物，黑得更爆炸。十六歲就在LotR戰無不勝，卻遲到二十一歲才得到站在國際舞台的機會。

雖然只拿到第二名，但當選了鑽石MVP。然後……就再也沒有他的消息了。

如流星般出現，卻也如流星般消失。

望日只瀏覽了搜尋頁面簡短的介紹，就勾起遙遠的記憶。那時她還小，更因為文字的魅力而著魔，不那麼關切電競賽了。知道skywalk很黑，知道他沒有戰隊想收，也知道他終於大放異彩……也是那時候知道了他的名字。

畢竟那時候大街小巷都在播這條新聞，明明他們那隊只有他一個台灣人，卻被說成台灣之光，模範青年似的。

之前爆炸性的黑和爭議，突然都搞定了。

但為什麼黑，是怎樣的爭議，她完全不清楚。或許只要點下某個搜尋結果，她就會明白了……

望日坐了很久，卻遲遲沒有按下滑鼠。

最後她關掉了分頁。另外搜尋白血病是怎麼回事，到底能不能治癒。

那晚她上線的時候，啦啦啦和春花秋月嘰哩呱啦的抱怨，卻掩不住強烈的得意，連開心心都笑得很開心。

「隊長哩？」啦啦啦終於講到滿足了，好奇的張望。他還等著要把獎盃拿給隊長呢。

望日默然了一會兒，淡淡的說，「他病了。」

突然所有的人都安靜下來，瞪大眼睛，看得望日一整個毛骨悚然。

「……幹嘛？」她有不妙的預感。

「原來……我就說嘛！為什麼隊長和副隊長默契這麼好～原來啊原來……」春花秋月比得了冠軍還興奮。

「……從來沒有什麼默契。」望日的聲調冷了。

「隊長不要緊吧？」開心心有點擔憂，又笑得很可愛，「不過有副隊長照顧，應該……」

「我並不用照顧他！」望日的聲音拔尖了。

「低調是王道嘛，我懂我懂。」啦啦啦點點頭，「不過坦白才是正道嘛。透露點兒副隊長，你們……交往多久了？」

……若不是修羅殿禁殺，這三個傢伙的腦袋早就不在自己脖子上了。

所以她扔下那群喋喋不休、不知死活的傢伙，去刷卡排個人競技了。既然虐殺三小白隊友不可能……那就虐殺競技對手吧。

不但怒氣可以得到相當程度的紓解，還可以賺點積分和貨幣，怎麼說都比較划算。

望日對自己很生氣。

原本她的生活非常規律，對夢境系統的切合度也是超乎一般人的上標，把遊戲和現實搞混，對她而言，非常不可思議和難以理解。

她在電腦補習班上的是日班，朝九晚五。和男朋友分手後，她一直保持著補習班↔家裡如此單純的路線。最多最多，就是下班順便去黃昏市場買菜，而且非常乾脆俐落買完就走，從不跟人殺價。

但雨弓送急診的第二天，她如常上班，卻有些浮躁。下班走到捷運站，明明她的班車來了，她卻站著不動，直到班車又走了。

該死。該死的。從來、從來都不關我的事情！那個水仙花自戀狂甚至跟我不熟！她最生氣的就是這個。腳不聽使喚的，走到另一個月台，搭往醫院的捷運。

站在雨弓的病房門口，她很鬱悶。為什麼我在這裡？來探病？兩手空空的來？

但她還是按下門把，繃著臉走進了病房。

雨弓半臥著翻雜誌，看到她卻沒有驚訝的表情。「嘖。都病得這麼憔悴了，還是太天生麗質。我這樣的男人，簡直是罪過的化身……」

「你就繼續自戀吧！」驚覺這裡是醫院，望日勉強壓抑住繼續怒吼的衝動，將臉一別，「那個，感覺好些沒有？」

「死不了。」雨弓懶洋洋的回答，「發現得早，來得及服藥和化療。年輕人體力好，撐得住。不錯了，現在的化療。聽說上個世紀化療還會掉頭髮什麼的……我頭型不夠好，光頭太扣分了。」

「……命要緊還是頭髮要緊啊?!」

雨弓回答的堅定，並且理所當然，「頭髮。」

望日發現，唯一可以三言兩語讓她暴跳如雷的，只有眼前這個水仙花自戀狂。

想嗆他兩聲，卻看到雨弓覺得很重要的頭髮，已經半為銀了。

……他才三十歲。人生才開始。雖然說，這個年紀當電競選手有點大了，但應該會有無數的隊伍想聘他當教練。他實在厲害得不像人類了。

在人生最巔峰的時候，卻被病魔硬拖入深淵……完全沒有得救的可能。是，白血病本身已經可以控制了。但也僅僅是控制而已，還得忍受藥物和化療的強烈副作用。

雨弓發病的時候還年輕，體力好，撐得住藥物和化療的霸道，大約可以活到一般人的平均壽命，卻必須這樣虛弱的纏綿病榻，勞心或勞力都是不允許的。

幾場業餘賽，就讓他直接送急診了。

「小望日，別這樣。」雨弓睥睨的看她，「『同情』最傷男人的自尊了，何況我這樣厲害的叔叔。」

「你、你又沒有什麼值得同情的！」望日羞怒，「就、就生病嘛！人吃五穀雜糧誰不生病的?!白血病又不是絕症，早點發現好好治療的話……」

雨弓有些好笑的看她。年紀都白長了。看她的表情就知道她在想什麼，毫無防備的。

真不該這麼愛逗她……甚至不該跟她有交集。原本她對誰都有強烈的戒心……這樣多好。

但就像是……看到年少的自己。更憤怒但也更冷暴力。憤怒沒有讓她沖昏頭，不像那時衝動口不擇言、肆無忌憚的自己。

就是……沒辦法放著不管。那樣有才華，值得呵護愛惜。

真不該這樣。

「妳功課一向做得很好。」雨弓垂下眼簾，「十九個基本職業，無數二轉，妳都會去尋找應對的答案。妳是很少見的，能徹底執行的理論派。」話鋒一轉，雨弓抬眼看她，微微冷笑，「哼哼哼，妳不只查了白血病，應該也知道我就是skywalk吧？」

望日語塞。她真的很懷疑雨弓的大腦結構是怎麼長的，優化得太過頭，聞一知十的……不，簡直是神棍，未卜先知。

她只知道一個像這樣的人，就三國演義的諸葛孔明。但這樣的人往往早死……大概就是心眼玩太多，把自己玩死了。

「……知道這個人。」發現站到腿痠，她乾脆坐到雨弓床邊的椅子上。

「那不是個好人……我猜妳也應該搜尋得到無數資料吧。」

「我不知道。」望日將頭一別，「我是搜尋了，但我沒點進去看。」

雨弓研究似的看了她一會兒。沒點進去看？

「那我告訴妳好了。」雨弓的語調很淡，「skywalk男女關係複雜，狂妄自大，還……」

「我不要知道這個！」望日打斷了他，「我不認識skywalk，我認識的是水仙花自戀狂，很愛自稱叔叔壓人輩分的雨弓！網路上說他啥不關我的事情……」

望日頓住了。對，所以她沒點進去看任何一則八卦。光看搜尋結果的簡短介紹就似乎很有看頭。

「妳該看看的。」雨弓更淡的說。

深深吸了一口氣，望日勉強把莫名冒出來的怒意壓回去。「我有自己的眼睛可以看，有耳朵可以聽，有大腦可以分辨是非善惡……為什麼我要相信那些說話不必負責任、只會躲在螢幕後面造謠生事的傢伙說長道短？」

「再說一次，我不認識skywalk，我只認識雨弓。雖然雨弓是個無藥可救、驕傲自大的自戀狂，但也是我所僅見最厲害的高手和隊長！敢在雨弓背後說長道短的傢伙都給我站出來，看我砍死他！」

一室寂靜。

即使是向來淡定、智珠在握的雨弓，也被望日的激烈發言震懾住了，竟一時想不出該說什麼。

望日則是覺得很丟臉、異常丟臉。至於丟臉什麼……她自己也還沒有明白。她只知道自己的臉孔好像在燃燒，耳朵燙得有些發軟。

「我、我走了。」她故作鎮定的站起來，「好、好好養病……」盡量平靜的走出病房。

進出電梯時，她還能勉強維持正常的走路速度。等出了醫院，越走越快，到最後幾乎是小跑步的奔進捷運站。

我在幹嘛？我到底在幹嘛啊～

她那天沒上涅盤狂殺，失眠了一整夜，只好狂看小說。第二天帶著充滿血絲的雙眼去補習班。

下班她很堅定的直接回家，做了晚飯自己吃，卻食不下咽。

聽說……白血病的化療和藥物都有嚴重副作用，病人會失去食欲，吃飯變成一件痛苦的事情。很多患者不是死於已經控制住的白血病，而是死於長期的營養不良，導致免疫系統失效，被趁機入侵的任何小病奪去性命。

最後她還是狼吞虎嚥的吃完晚餐……然後又做了一份。白血病患者該忌口的食物她都有注意到了……只希望資料沒有錯誤吧。

深深吸口氣，她提著食盒，悶悶的走路去搭捷運。

站在通往醫院的捷運月台，她憂鬱糾結的幾乎哭出來，完全不明白自己在做啥。

她又來了。

雖然緊繃著臉，但連續三個晚上，都提著食盒來探病了。

不得不說，連作菜都能看出一個人的個性。素雅的食盒，裝著色香味俱全的好菜，可吃起來比看起來更棒。

心思細密謹慎，他能吃的食材那麼少，能費盡苦心的做出這麼好的餐點。還特別來監督他吃完。

是個好孩子，很賢慧很善良的好女孩。只是受創得有點嚴重，所以豎起全身的刺吧……有天賦，卻不是她自己想要的天賦。

因為藥物和化療的副作用，雨弓已經不是食欲不振，而是乾脆的失去飢餓感。相反的，吃過飯後，他會肚子脹痛，因為驟升的血糖而暈眩好一段時間……他很不喜歡那種感覺。

所以，雖然附近的啞巴阿婆受雇來幫他打掃和煮飯，他幾乎沒有一餐能夠好好吃完……能吃個一半就算很多了。

沒辦法，他不能吃的東西太多，阿婆的廚藝本來就普普，這也不能吃那也不能吃更沒有發揮空間。吃東西對他來說再也不是愉快的事情，所以沒有什麼好抱怨的。醫院的伙食比阿婆的手藝還差，他頂多能嚥一兩口就放棄了。

但小望日親手作的菜，卻能讓他覺得值得飯後所有的不舒服。

這樣不好、不對。

小望日的人生還很長，他的人生卻已經劃下休止符了。曾經璀璨過，卻轉瞬而逝的……rainbow。

他已然黃昏，即將進入永夜。

所以他才背離人群，離開所有人不是嗎？為什麼要把這樣善良的小孩子拖下水？寂寞的小孩子，會搞不清楚「同情」與「愛情」的分野，誤判之後，結果傷痕累累。

傷人傷己。難道他還沒有覺悟透麼？

所以，第四天，望日又來的時候，他沒有碰食盒，語調冷漠的問，「妳沒別的事做嗎？」

他很清楚望日，知道這樣就夠激怒她，和深深刺傷她敏感脆弱的心靈。

果然，望日霍然而起，怒目的瞪他，全身微微發抖。安靜了一會兒，「你覺得煩，我就不再來！」

雨弓別開頭，不肯言語。

這樣應該就夠了。

果然，他聽到開門聲，然後關門。

應該是氣得冒火花了，但又那麼壓抑，連重重甩上門都辦不到……因為這是醫院。

雨弓很想笑，卻笑不出來。

永夜降臨，稀有的陽光離開他了。絕望苦澀的湧上來，他卻只能努力吞嚥下去，注視著遲遲不肯落下的夏日殘陽。

快落日吧，不要留戀徘徊。夜要來了，別這樣如血的渲染和掙扎，太難看了，這寂寞的姿態。

門又開了，他依舊注視著窗外。不是吃藥就是化療，再不然就是換點滴……他已經熟悉到疲倦了。

但是走到床頭的「護士」卻遲遲沒動。

他有些詫異的回頭，瞠目看到冒火的望日在瞪他，眼睛裡有著深刻的受傷和倔強。

「我忘了餐盒。」望日語氣很硬的說，「不要留垃圾在這裡給你帶來麻煩。」

快手快腳的收拾餐盒，望日轉身，卻讓雨弓瞥見她頰上閃過的一絲晶亮淚痕。

這樣不對，不應該。他應該激走望日，以後就算回到涅盤狂殺也是老死不相往來。

但是他被灼傷了。有種熱淚灼傷的感覺。

「等等。」他不由自主的開口，「我還沒吃呢。」

「……倒餿水桶也不給你吃！」望日低吼，卻隱隱有絲哽咽。

「別這樣，小望日。叔叔餓一天了……醫院的伙食比餿水還糟。妳也可憐一下雨弓叔叔。」

僵了一會兒，望日飛快的把餐盒往他面前一放，就衝進洗手間。

雖然只有一下下，他的確看到小望日傷心欲絕的孤寂。

我絕對是錯的。雨弓想。食不知味的一口一口吃著。

但是……本來就是我的錯。是我回頭、關注，是我去接近她的。不管是什麼理由，都像是藉口。是我的錯就可以了。

陪她一段吧……在她滿心傷痕的時候。等她傷好了，足以揚翅高飛……到那時為止，就好了。

至於之後的永夜……那本來就是他註定的命運，已經是谷底，沒辦法更糟糕了。

等望日從洗手間出來，鬢邊有些溼溼的，眼眶也有些紅，應該是去洗臉了。

「明天叔叔想吃茶碗蒸。」雨弓泰然自若的點菜，「我要吃真正的蛋，不要那種假的哈……叔叔舌頭可厲害著。不要拿那種素食偽裝的東西給我吃。」

「你吃……」望日硬生生的把髒話吞下去，惡聲道，「誰管你？何況你一天頂多可以吃半個蛋！」

「這種廚藝的技術性問題就交給妳這大廚師啦，總之我想吃。」他語氣輕鬆，「真是被饞死了，我最愛吃蛋，現在卻幾乎都不讓吃了。每次看到十五的月亮就想到蛋黃……看我饞多凶。對了，小望日，妳是陰曆十五出生的吧？」

「……你怎麼知道？」望日迅速被轉移注意力，張大眼睛。

「沒有月亮的晚上叫做『朔』，滿月的時候叫做『望』。妳都標明『望日』，可見得是陰曆十五出生的。」

「……說不定只是看著太陽呢！」

「所以是雙關語啊。妳叫汪陽，對吧？這是把名字和出生日綁定的ＩＤ。花了很多心思去想吧？會意外不奇怪啦，叔叔的大腦結構和妳這種簡單小朋友不一樣……」

欺人太甚。

「我也知道你為什麼叫雨弓，有什麼了不起？」望日冷哼，「這也是從skywalk衍生出來的。美國大峽谷的空中步道就叫做skywalk。遠遠看就像是銀色的彩虹，對吧？這也是雙關語，還有一個意思是……」

她噎住了。

轉瞬即逝。skywalk的光芒只有一瞬間，就像是彩虹。

雨弓沒有追問或逼問，只是撐著臉笑，表情很欠揍的驕傲，「這就是近朱者赤啊！小望日讓叔叔薰陶久了，腦袋也開竅了……雖然幅度不大。假以時日……勉勉強強可以達到叔叔的〇・〇一％吧？」

「……我沒有屬水仙花的叔叔！不要半路認親認得那麼自然！」

陪雨弓聊天（暴跳？）了一會兒，望日收拾餐盒，說要回去了。

握著門把半天，她卻沒有動。背對著雨弓，她語氣僵硬的說，「我的確沒有別的事情做。如果你覺得很煩……我就不來煩你。」

「小望日，」雨弓懶洋洋的說，「別想這樣就能賴掉明天的茶碗蒸。」

「……誰管你啊！」望日深深的頹下肩膀，強掩住嗚咽，「再見。」

她走了。

雨弓望著關上的門，很久很久。許多往事和回憶一湧而上，或憤怒或悲傷或消沉，像是伸手不見五指的黑暗。

但雲層再厚，偶爾上天慈悲的時候，也會有陽光灑下，明亮而溫暖。

隔天他的確吃到茶碗蒸了……雖然對分量不太滿意，但美味的確是沒有減少半分。

住院一個月，望日天天都來探望兼送飯，直到他出院。

她有些恢復初見面時的樣子……話比較多了。所以他知道了望日相依為命的父親過世，跟另有家庭的母親完全失聯的情形。

難怪了。

想想他自己……曾經為了一個前途未卜的夢想，和父母吵了又吵，媽媽不知道流了多少淚，爸爸白了多少頭髮。年少執拗的他自以為來日方長，硬是去了美國。受了挫折，吃到苦頭，被抹黑、被質疑，在賽事打敗故鄉的國家隊時，簡直千夫所指……罵他賣國賊的都有。

明明只是個很小的賽事而已。

但也只有跟他鬧翻的爸媽打越洋電話來安慰他，真正明白他。

什麼來日方長都是騙人的，人生苦短，短得幾乎無法掌握。失去至親的痛……遠比自己墜入絕症深淵還刻骨銘心。

他只來得及將鑽石MVP戒指給父母看，證明自己的執拗不是一無是處，得到他們一個欣慰的笑容。後來那戒指隨著父母下葬了。

原本他意氣風發，無數代言和贊助商，美麗女友。突然襲來的就是父母病重，他的健康也出現狀況。所有的一切都如雲煙般消失，女友投入另一個電競高手的懷抱。

其實他做錯過很多事情。年少輕狂，為了以為是朋友的人背黑鍋，反而被所謂的朋友賣了。懷著無謂的正義感，管不住自己的嘴。容易被美色誘惑，而英雄崇拜的女孩子又那麼多，她們脫衣服的時候又那麼乾脆……活該黑得那麼澈底。

紙醉金迷的生活……說來有些可悲的好笑。他唯一做對的事情就是，一個不太熟的朋友亟需一筆錢動手術，要賣房子，遠在美國的他問了帳號就匯去，當時對他來說不算大錢……也沒指望那朋友過不過戶。

他以為的死黨把他的八卦扭曲後賣給報社，這個不太熟的朋友卻硬找到他爸媽把房子給過戶了。要不是有這棟遠在山區的房子住，父母的產業可以租出去，他早坐吃山空了，哪能像這樣待在家裡當個重病的米蟲。

一切都只是偶然、虛無的。友情如此，污蔑如此，榮耀亦如此。

唯一真實的只有父母永恆的愛。

可惜，他覺悟得太遲。

所以，他病後情緒一直都如死灰般平靜，但醫生提及他的病因是父母遺傳時會失去理智的大怒。

他的生命是父母所給的，爸媽才是最了解他最愛他的人。不管遭遇了什麼，都是他的命運而已，絕對不該怪他爸媽。

或許是這種深刻的同命感，所以他給了望日地址。

「在捷運最後一站……山區。很遠，但是……」他遲疑了一下，「偶爾來看看風景不錯。」

望日驚愕的看他一眼，沉默好一會兒，「……有花嗎？」

「四季都有。」雨弓回答，「我喜歡每個季節都有花。阿婆也愛種，只是她家沒有院子。」

「那、那我偶爾去看花。」望日看著地板說。

「叔叔也偶爾期待一下小望日好了。」雨弓搖頭，「嘖嘖，小望日啊小望日，妳這樣怎麼行？隨便去陌生男人家裡？嘖嘖……遇到大野狼怎麼辦？」

「……不是你邀請我的嗎混帳！」

「好歹矜持一下嘛，少女就是要矜持啊，這樣才有萌感……」

「萌你妹！」望日終於爆炸了。

「我是獨生子，沒有妹妹呢。」

「……死水仙花，我不要再跟你講話了！」

說是這樣說，結果在涅盤狂殺，又在戰隊休息室看到他，驚愕了一下，望日還是忍不住，「你為什麼在這裡?!」

「叔叔是雪山飛狐的隊長。」雨弓撐著臉看她，「小望日，年紀小小的記憶力卻這麼差……吃點補腦的食物吧。」

「你豬腦！」

「錯囉，吃腦補腦是不正確的觀念。豬腦膽固醇太高，不要吃比較好。」

望日很納悶，非常納悶。她幹嘛關心這個死水仙花？難道她不知道「好人不長命」這個真理？雨弓這種禍害只會遺千年，哪可能有個白血病就翹辮子……

為了不把自己氣死，她決定繞過這些鬥嘴皮。和無恥叔叔鬥嘴皮只會傷肝……肝火太旺燒死自己。

「醫生說你不能勞神或過度緊張。」她乾脆的直指問題核心，「你忘了打冠亞軍打到送急診嗎?!」

雨弓淡淡的笑，薄酒紅的瞳孔卻異常燦亮。「業餘賽冠軍，有資格加入職業戰隊的聯賽。」

「……雨弓！」望日的聲音嚴厲起來。

「我一直在問自己，為什麼病到這個地步還是跑來涅盤狂殺。」雨弓抬眼看望日，「妳呢？小望日……為什麼妳在這裡？」

「我……」她愣住了。我為什麼在這裡？最初的理由早不存在，之後的緣故也已消滅。

「沒辦法停止，對吧？」雨弓意氣風發的看向窗外，眼神非常悠遠，「沒辦法停止戰鬥的欲望，血管叫囂著沸騰那種興奮。」他自言自語似的，「現在，我又有一支隊伍了。」

經過死寂的幾年，現在他才有種「活著」的感覺。

「但是……」望日想爭辯，雨弓打斷了她。

「叔叔啊，不想活得跟死了一樣。」雨弓睥睨的看著她，「小望日，妳會幫叔叔對吧？妳幫叔叔分擔一點兒，叔叔說不定就不會累進醫院了。」

「……誰理你啊！」望日將頭一別。

但讓她更火大的是，雨弓一直笑一直笑，一副「不要嘴硬了叔叔都知道」那種表情。

她唯一的感想是……認識雨弓之後，對她的肝太不好了，傷得很澈底。

銷聲匿跡一個多月的雨弓，又出現在修羅殿時，引起一陣騷動。

只有那種不懂裝懂的酸民才會盲目的說「還不是靠十大高手」之類的屁話，對「涅盤狂殺」略窺門道的玩家對雨弓特別的詫異和注目。

和極盡華麗冷暴力的望日不同（雖然她自己沒感覺），雨弓很少有什麼極限操作和美技，而是異常平靜順滑的使用魔劍的所有技能，恰當而默契的支援極具爆發性的望日，並且冷靜的追殺敵人，絕對不會有什麼殘血逃脫的烏龍。

而且，他是隊長，所有的戰術和命令都由他所出，大局觀的判斷準確到幾乎百分之百。

比起成名已久的望日，除了曾經連勝進了個人排行榜的第四十九名，更神祕，完全沒有人知道他的任何過往。

就這樣突然冒出來，宛如巨大的彗星，橫過天際，用一種君臨的態度，沉默的降臨。

在這麼一個以殺戮為主旨，英雄崇拜至上的遊戲中，自然的，神祕到極點的高手雨弓，立刻躍升為新偶像。

但這個新偶像卻拒絕密語、拒絕飛鴿傳書。據說只有雪山飛狐的隊友有權密語和寫信，其他人想都別想。

結果想職業戰隊挖角的、粉絲群，只能去修羅殿堵他。但結果都不太好，淚奔者眾。

有回望日撞見過一次，心情有那麼點複雜。雖然覺得這些人很煩，但被雨弓精神攻擊……她都不知道該不該同情這些可憐蟲了。

那是個很美的修羅女……雖然不到女神的地步，但也夠有名了。是很難得的不修圖、用自己容貌做基礎的美女。更難能可貴的是，她雖然不打個人排行，但在戰隊排行裡頭是前十名戰隊的主補，真的有實力的那種。

走近才發現他們在講話，雨弓已經看到她，進退不得，異常尷尬。

「……如果是雨弓，我可以喔。」那位主補大人吐氣如蘭，將纖纖玉指搭在雨弓的手背上。

雨弓連眼皮都不抬，「您的意思太深了，難以理解。」並且將她的手拿開。

主補大人似乎有些不滿，嘟著嘴，「人家的意思是……人家願意跟你。你們戰隊的主補太差了吧？不管是戰隊還是……只要是雨弓隊長……你的臉，是自己的臉吧？我一眼就看出來了……」

雨弓終於抬眼看她，似笑非笑的，「哦？小圓小姐，貴戰隊的對戰影片我也研究過了。比起我們隊的阿普沙拉斯，您還有很大的進步空間……說仙女星座到太陽就太失禮了，但大約是冥王星到太陽的距離。五十幾億公里而已，想必您在有生之年就能趕上。」

……太損人了。

「需要這樣嗎？」望日有些頭疼的看著淚奔遠去的主補大人，「不理她就好了，幹嘛這樣……」

「一勞永逸。不然在修羅殿不能動手，叔叔沒有那麼多美國時間應付這些閒著沒事幹的人。」他回頭看到望日還皺著眉，調侃的問，「小望日有沒有發現我沒微調，就是自己的長相？」

欸？為什麼突然問這個?!

「這、這不難看出來吧？滿大街帥到不自然的男修羅，你卻顯得比較平庸……」

「只是平庸？」雨弓露出有些邪惡的笑，「所以，妳覺得我現實中，長得如何？」

這簡直是廢話中的廢話。你想啊，人家調得要死要活，才把自己調得帥得慘絕人寰，你調都不用調就只是平庸……

「算、算帥了。」即使病得那麼憔悴，還是有種衰頹滄桑的帥氣。

雨弓瞥了她一眼，「品味不錯嘛。還看得出來叔叔帥不帥。」

……你這自戀狂、屬水仙的！

「男子以才為貌。」望日忿忿的轉頭，「那層臉皮根本就……」

「那就更糟啦……才貌雙全。蒼天不仁啊，叔叔情非得已的成了禍害女性的根源了……罪孽真是深重。」

望日從來不知道，在虛擬的全息遊戲裡，氣得肝疼會如此真實。

「……你到底要不要團練？」她的拳頭已經在披風下悄悄握緊。

「今天啦啦啦和春花秋月有事。開心心嘛……算了。我不喜歡欺負弱小。小望日來跟叔叔練練手吧。一個多月沒上，怕都生疏了。」

雨弓說得和藹可親，笑容如春風般和煦。望日的額頭卻悄悄的沁出冷汗，後背有點兒發涼。

誰要被虐前，總是會有這樣反應的。

慘電九場，名列排行榜前十大的望日，完敗。

果然排行榜什麼的，根本就沒有絲毫參考標準。累得只能坐在地上喘氣的望日，有些慘澹的想。

「小望日總是能讓叔叔感到驚奇。」雨弓撫著下巴，「進步的幅度總是大出叔叔意料之外。」

「結果還不是被你電假的？」望日沒好氣的回。

雨弓笑了。「叔叔曾是職業戰隊的主力，鑽石MVP。用一個頂端職業選手當標準……小望日對自己的要求也太高了吧？」他很驕傲自滿的揚頭，「妳只是忙於團練沒空去打個人排行而已，不然這個第一非妳不可。」

「維持住十大就好了。第一什麼的……沒有什麼意義，只代表更多的麻煩。」望日漫應，習慣性的低頭思索剛剛的戰鬥，回想什麼地方失誤，該怎麼反應和彌補。

因為她低著頭，所以沒有看到雨弓的眼神非常溫柔，有些欣慰、自傲，和惆悵。該欣慰她曾有的挫折和悲慘嗎？但有的人只會拚命跌倒，卻從來沒想過為什麼跌倒。就像少年的他。望日的生活經歷很單純、平凡，但她卻會思考反省，雖然有點過度反應，但卻能看破許多虛偽的燦爛奪目。

記得住教訓的人，總是能走得最遠的人。

「妳不要跟叔叔比，」雨弓淡淡的提點，「叔叔從小學就是跆拳道校隊，國中還拿過全國盃冠軍。全息網路遊戲沒什麼，要不就比別人的大腦更發達，要不就比別人更懂如何協調四肢……或許妳會覺得很不可思議，但事實就是如此。

在全息網遊裡，智商越高、運動神經越好的人越占優勢。職業電競選手嘛，妳沒辦法想像在現實中要受到多嚴苛的體能訓練，就是為了在比賽中更能超常發揮。因為智力這一塊……大部分的年輕電競選手都無法要求，只能往體能發展了。」

望日聽呆了，「……為什麼？」

「我不知道。」雨弓坦白說，「但我猜，或許我們在睡眠中進入全息網遊，主管想像力和反應的大腦才是主角吧？不說有些人『身體比大腦聰明』嗎？其實我覺得，這只是大腦反應得過來，但意識跟不上而已。體能訓練就是促進這種極端的反應……大概吧。」

薄酒紅色的眼一揚，雨弓無比自信的抬頭，「所以打不過叔叔根本不用羞愧。像叔叔這樣高智商高武力、文武雙全的天才簡直是僅此一位別無分號。能跟叔叔周旋這麼久，已經足夠慘電許多職業級的高手了。」

……就算真的很厲害，有人自己這麼誇獎自己的嗎?!不愧是發病危通知書依舊不改自戀劣根性的水仙花叔叔！

等等。

她仍然保持在健身房體能訓練的習慣，可啦啦啦他們並沒有啊。雖然雨弓曾經淡淡的提起過，除了開心心乖乖去練了瑜伽，其他兩個大男生根本沒放在心上。

「……職業聯賽，還是不要參加吧？」望日有種非常不妙的感覺。

雨弓笑笑的看她，真是讓他改觀啊……對女人的看法。反應這麼機敏迅速……比少年的他還出色。

「出賽啊，當然要出賽。」雨弓交疊起纖長的雙手，浮出有些惡意的微笑，「再也沒有比慘敗更能讓人獲得更多的了。囉嗦浪費口水不是我的風格……讓他們親自嚐嚐不聽話的後果吧。」

望日再次的懷疑雨弓的大腦構造到底是怎麼組成的，很有敲開他頭蓋骨看看的衝動。

果不其然，在眾所矚目的職業聯賽初戰，業餘賽大殺四方威風凜凜的雪山飛狐，被聯賽中最墊底的戰隊打了個稀爛。

雨弓和望日殺人無數，讓雙方人頭差距大到不能想像的地步。但這是五人團體賽，主坦副坦都輪流秒死，連補師都死得比他們少。既打不破對方的大門，又無力防守自家大門，雨弓的戰術再算無遺策，反應不及、執行不到位，還是沒有用的。

望日倒不覺得怎麼樣……她早經歷過這一段。記得嗎？她遠遊歸來後，為了成為真正的刺客，一路輸到出百名外，之後才又打回來。而且她對網路有種強烈莫名的戒心，根本不會去看論壇。

勝負這種東西，沒啥。只是給自己一個修正補強的經驗。

開心心雖然有點難過，她不敢問雨弓，只是追著望日問，然後認真看比賽影片，仔細找自己失誤的地方，也沒有過激反應。

但啦啦啦和春花秋月卻受到很大的打擊。太多的冷嘲熱諷和「不自量力」、「累贅」、「換人才有救」的種種惡評，讓他們連頭都抬不起來。

他們畢竟是男生，還是自尊心很高的大男生。遭受這麼大的打擊，難免會萌生退意。

「哦？」雨弓淡淡的瞟他們一眼，「原來，你們的覺悟就這麼淺？難怪台灣隊伍老讓人說是第九流。」

春花秋月立刻暴怒，「什麼第九流?!那是我們太廢……換有實力一點的不好嗎?!反、反正我們就是……」

「廢物垃圾？兩個渣坦？」雨弓冷笑，「你們到底知不知道坦最重要的是什麼？抗壓力。輸？要緊嗎？重要的是學到了什麼。你們可以退隊，沒問題。但雪山飛狐就沒有了。」

他睥睨又鄙夷的看著春花秋月和啦啦啦，「我還以為，我又有一支隊伍了。」說完就揚長而去。

兩個大男生臉孔又青又白的，最後羞紅，熱辣辣的。

最後春花秋月和啦啦啦沒有退隊，雪山飛狐輸了一整個賽季。即使春花秋月和啦啦啦非常努力，真的跑去健身房試圖將體能調整上來，但這真不是一蹴可幾的。

說起來，望日的確非常有天分。但她也花了三個月才調整到可以復仇的地步。

只是，連敗的雪山飛狐，展現出一種狠辣到不要命的鬥志。不管劣勢到什麼地步，都奮戰到最後一刻，抵死不降。

這讓一開始嘲笑譏諷落井下石的觀眾詫異了、驚悚了，最後肅然起敬。直到賽季的最後一場，雪山飛狐擊敗積分第二的戰隊，取得整個賽季的唯一一勝……在外看著賽事大螢幕的觀眾玩家，歡呼的聲音是有史以來最大的。簡直完全蓋過冠軍隊的鋒頭。

開心心哭，意料之內。但春花秋月和啦啦啦兩個大男生哭得更嚎啕，這倒是望日想都沒想到的。

不就是一場比賽贏了嗎？

但她回頭看到雨弓倨傲的笑，眼眶卻有些微微發紅，不禁啞口。

難道，整個雪山飛狐就她最狀況外？

望日開始深刻的自我檢討了。

那唯一的一勝，在禮拜天凌晨。

也就是說，下線醒來時，就是禮拜天早上。她躺在感應艙一會兒，就翻身起來找手機，猶豫很久，還是透過3in1撥了簡訊。這樣就算是手機沒電，也會在電腦的任何通訊軟體出現簡訊……

然後異常緊張的，等。

其實我不用這麼緊張。她跟自己分辯。萬一真的出了什麼狀況……醫院的緊急連絡人已經是我了，總會有人通知的。

但她沒等到回訊。沉不住氣的她，還是撥了手機給雨弓，但卻直接轉語音信箱。將手機扔進手提袋，她用最快的速度梳洗和換衣服，直奔捷運站。考慮到交通種種狀況，捷運反而是最快的交通工具。

本來就不贊成他打什麼職業聯賽……瞧瞧之前的業餘賽，打到直接進急診室了。可惡的水仙花，選擇性失聰得這麼澈底……應該還有選擇性失憶，討厭鬼。

一路上手機都沉靜如死，她心中的焦躁節節高升，簡直沸騰。

這不是好消息。她想。那一勝其實拿得很險，完全是雨弓的超常發揮。之前的賽事失利其實要算她的錯比較多……雖然戰術依舊由雨弓所出，但臨場時她這副隊長是主call。

她知道自己不擅長也不適合，但為了雨弓的健康硬著頭皮扛下來。這一戰的後半段，雨弓卻當起主call，竭盡心力的拿到這一勝。

勝利有那麼重要嗎？值得拿命去搏？

她不知道，或者說，她沒有那種熱情。望日畢竟比較喜歡砥礪自己的能力，和投身戰鬥時那種熾熱的冷靜，專心到狂野的境界。至於是跟誰打，團隊或個人，對她而言都是相同的，勝負更無所謂。

其他人，包括高傲自戀的雨弓，似乎都不這麼想。

該死的，雨弓，接手機啊！她又撥了一通，心底不斷咀咒。快接手機啊混帳！為什麼一直都是語音信箱……不都說禍害遺千年嗎？不要跟我說打場比賽你就連打手機求救的機會都沒有……

到站了。

她衝出捷運站，拿著雨弓的地址問計程車司機，司機搔搔頭，「小姐，雖然有點陡，走路十分鐘就到了。」

「你不載短程嗎？」望日跑得有點喘。

「我是說妳不用白花錢……」司機聳聳肩，沒多久就到了……果然就是出捷運站走一小段山坡路，孤零零的小別墅，包圍在矮矮的七里香樹籬裡，院子門就是個竹子編的竹扉，而且沒有關。

望日抽了兩百塊給計程車司機，就跑了進去。

庭園石板鋪就的道路，蜿蜒到主屋，兩邊紅豔綠鬧，她卻完全沒有注意，拚命敲主屋的大門，卻一點聲音也沒有。

她急出了滿額的汗，隔著門喊，「雨弓！」

「小望日？」詫異的聲音從她背後傳來，「這麼想叔叔？下線還沒幾個小時呢……唉，人帥也不是叔叔可以控制的啊，小望日這麼的……嗯，都是叔叔的錯，我明白的。」

望日猛回頭，讓她擔心得差點發心臟病的雨弓，好端端的站著，好整以暇的拍掉手上的泥土。

「怎麼要來不先打個手機？」雨弓恬靜的問。

「……我撥了簡訊，也打過兩次手機了。」望日瀕臨爆發的邊緣，「幹什麼去了啊你?!」

「最後一撥的茶花開了，我沒在屋裡。」雨弓開了門，「小望日進來坐吧。放心，叔叔今天不是狼外婆。」

「你沒事就好，我走了！」望日已然暴怒。

雨弓瞬間明白了望日為何倉促而來。傻孩子。總是對善意的人，設想太多的傻孩子。地址都給她多久了……卻是為了擔憂他才來。

「坐一下嘛，叔叔泡茶的工夫還不錯。難得小望日來玩……」他開了門，笑語晏晏的做了個請的姿勢，「讓小望日擔心，是叔叔不對。我看看手機是怎麼回事，居然敢不告訴我小望日打來！太不乖，我當場砸給妳看！」

「不要對我用那種哄小孩的口吻！」望日依舊火大，但默默的進了屋子。

這棟別墅的面積應該嬌小，但因為沒有隔間，所以顯得格外寬廣。作為客廳的角落一整排落地窗，明亮得很。桌或椅，都是竹子做的。椅子還特別是仿藤編那種，鋪上暗沉近乎黑的紅椅墊，坐起來很舒服。

明明有三張竹椅，只有一個椅墊坐得磨損而陳舊，其他都是簇新的。她坐了那張椅墊最陳舊的座位，望出去就是園子，不知道是梅還是櫻的樹開得極盛，落英繽紛，卻奪不去窗下幾盆茶花的風采。

只有兩個顏色：朱紅和粉白。朱紅是單瓣，像是在國畫裡常看到那種茶花。粉白的似乎只有兩層，卻楚楚可憐，隱隱透著香氣，從打開的窗戶縹緲而入。

這是雨弓每日所見的風景麼？就這樣，一天渡過一天？

「其實我不該喝茶。」進去廚房拿茶葉和茶具的雨弓輕笑，「但已經不能喝酒不能喝咖啡不給抽菸……再不給人喝茶，活著太沒意思了。」

還是瘦得可憐。只是穿著唐裝，所以還不太顯。她是知道現在突然復古起民初風了，改良式旗袍和改良式唐裝大行其道，連同事都會穿來上班。

但卻沒誰能比雨弓穿得更有味道……最少就她所見而言。

只是纖瘦的手背依舊隱隱看得到青筋，相對著紫砂壺，格外慘白。當然，還是很優雅，一舉一止，這個時不時撥撥頭髮的自戀狂水仙花，對這種細節是格外的注重。

「手機沒電了，我忘記充電。」雨弓笑吟吟的把小小杯的茶遞給她，「望日大人，可否饒他一死？」

「是你沒充電，關手機什麼事情？」望日咕噥，小心翼翼的聞香、品茶。

真看不出來，會是涅盤狂殺最凶暴的十大高手。雨弓看著專心喝茶的望日，默默的想。

現實的望日，就是個規規矩矩的小女孩子。穿著套頭高領毛衣、斜格子毛呢長裙。坐在那兒不開口，就是一種靜謐。

怎麼說？就是一種……老師的氣質。內斂安靜、很有書卷氣。

跟那個憤怒起來像團狂亂美麗的火焰、華豔冷暴力的大劍師刺客截然不同。

但他明白，這就是望日的表與裡，兩者看似衝突事實上卻很協調。

究及核心，還是個心軟的女孩子。會為了他，拋下狷介與矜持，擔心的跑來看看，惶急得幾乎淚下。

他明白的。

所以他才會將自己珍愛的茶花指點給她看，「朱紅這款名為『葡萄美酒』，粉白的是『天香』。茶花長得很慢，醞釀一整年才開一次，花期不過數日。」

「我看別人的茶花都好大朵，比玫瑰還多瓣。」望日好奇的看，卻沒有伸手去碰觸。

「品種很多唷。更大更豔的也有……但我不喜歡。」他領著望日出去看，「『葡萄美酒』和『天香』都凋謝得很乾脆……我不喜歡在枝頭糜爛的花。」

「……生當為人傑，死亦為鬼雄嗎？」望日皺起眉。

雨弓笑而不語。就說這小女孩子很像年少時的他，機敏太甚。

而且，太懂他。就像他也懂望日一樣。

那天，望日在他的廚房為他做菜，很嘴硬的說，「反正我也要吃，附近我又不熟。」他只是笑，卻沒有如常的逗她。

他是經歷太多人情冷暖，以至於滄桑的離開人群。小望日卻是反省反應太激烈，所以寧可孤獨。

相對吃飯，就像是父母還在時的感覺。或許，小望日內心最深刻的希望也是如此……她的父親能回來。

他明白的。

但生死離別，是人生最大的課題。她早晚要學會的。封閉自我，拒絕和任何人有關聯，不是明智的選擇。

所以望日要回去的時候，他送了一株養在小紫砂盆的茶花給她。

望日不知所措，「不行！我、我不行……我不會養植物，會被我養死的！」

「半日照，土表乾了就澆水，很簡單的。」雨弓淡淡的說，「只要滿足了這些條件，生或死，其實要看植物自己。但是通常會活得很好，不要擔心，小望日。這棵我養了一年多了，或許今年年末，或許明年，就會開花。如果發生妳不會處理的異狀，帶來給我看就好了。」

他按了按望日的頭，「叔叔會幫妳的。」

望日惱怒的一甩，「不要老拿輩分壓我！光看臉你還比我年輕……」

「這是天賦啊青春永駐。連病成這樣還能這麼迷人，叔叔也是毫無辦法呀。謝誰都不對，還是感謝我爸媽吧。」

「對，這部分要感謝伯父伯母……但我肯定自戀成這樣跟遺傳無關，完全是後天自動發展出來的劣根性！」望日沒好氣的回嘴。

最後她還是捧著那個小紫砂盆回家了，小心翼翼的擺在陽光最充足的角落。每天上班前都要先仔細端詳，數一數葉子，摸摸盆土，忖度澆水的時機，才不太放心的去上班。

原本她以為，就這樣了，不會再去雨弓的家。只是她經過花店時，看到了一整盆盛開的水仙花。

實在很難忍住，所以下個禮拜天，她半惡作劇的抱著一盆水仙花去按雨弓家的門鈴，自戀狂複雜古怪的表情，讓她覺得來這趟實在太值得了。

* * *

雨弓正在看望日的個人排行競技。對手是目前排行第一的羅剎娑，是個攻防合一的法系，非常棘手。

羅剎娑也是稀有的轉職，法系都有機會轉成羅剎娑，更是每個法系的夢想。法系威力強大，但是相對非常脆弱，像是擁有巨大破壞力的魔劍。但轉職成羅剎娑，就會擁有魔物防高到不像話、厚得令人髮指的盾[38]。而且這是個飛天轉職的羅剎娑，飛行是本能……

你想想一個擁有接近不破的盾、可以從容吟咒絕對不會斷法的法師，而且飛來飛去，距離雖然短，卻可以瞬間轉移……就知道有多麼令人無力了。

難怪可以輕易的把長期盤據在第一名的魔劍擠下去，望日對他也是幾乎全是敗績。

但想名列前十大，雖然有種種優惠和禮遇，但一個禮拜起碼要三場出戰，對手當然沒得挑……真正的高端也就那幾個，撞上這個令人無力的飛天羅剎娑也是無可奈何的。

可小望日，總是能一次次的讓他驚奇。

屢屢敗北沒有挫磨她的志氣，反而讓她更費盡苦心的思考。這次她面對包著朦

38：盾，此處指的是護盾類法術，可製造一個防護罩，在被打破之前裡面的角色不會受傷。

朧厚實的羅刹娑，卻不如以往衝上去試圖用高破壞力把盾打掉，而是抽出……一根長鞭。

真的是很長很長的鞭子，長得超過羅刹娑的施法範圍，將想接近的羅刹娑打得翻滾騰空，長長的鞭子像是靈活的蛇，飛躍如龍，攻擊力對羅刹娑的盾來說，其實很小，但羅刹娑卻也別想靠近她一點點。

雨弓開始覺得有趣了。

這其實是一種非常有效的戰術，就一個字，磨。

羅刹娑的盾很厚，非常厚。但也有個不算缺陷的缺陷……除非盾破，不然無法再次施法上盾。而施法上盾的時間雖然不長，卻是唯一有機會擊敗的短暫弱點。

每個人都知道，但是實際操作卻非常困難……甚至可以算是個精緻的陷阱。羅刹娑的法術強度非常威猛，甚至可以邊飛邊吟咒。當對手費盡力氣對付他的盾時，往往已經受到重創，被風箏[39]或秒殺是常有的事情。

望日應該是仔細思考過，才用攻擊力貧弱的長鞭。滴水穿石，再厚的盾這樣慢慢耗損，總是有破除的時候。

於是她翻滾飛躍，幾乎預判了所有羅刹娑的突襲，揮舞長鞭將敵手遠遠的鞭策出去，堅持不跟對方耗血，卻遠遠的耗他的盾。

但飛天羅刹娑，真不是容易的對手。反應哪怕是慢上一秒，就會遍體鱗傷。這個戰術是很完美，但練習得恐怕不夠多。好不容易耗掉了羅刹娑的盾，但望日已然殘血，恐怕依舊是敗北的命運……

就在這個時候，迅雷不及掩耳的，望日的長鞭一捲，將正在施法上盾的羅刹娑拖到面前。從護頸和鎖甲的縫隙，斜斜的往上刺，滿足了要害攻擊的「割喉」條件。

暴起無數緋紅匕首，如狂野的刀風穿敵而過，立刻後空翻險險的躲掉羅刹娑的大招。長長的披風飛舞，兜帽也隨之飄動，雪頰上的染血、額上的梵文刺青，相同的嫣紅。

39：風箏，一種遊戲中戰鬥方式的暱稱，通常用於對付擁有高攻擊力卻沒有遠程攻擊手段的對象，為避免自身重創，因此一邊遊走避免近身接觸，一邊以遠距攻擊削弱對方，因此行為與拉風箏奔跑相似而得名。

飛天羅剎娑死在施法完成的盾裡。因為盾或許可以免疫一切外來傷害，卻沒辦法解除撕裂鋸傷的流血效果，飲恨吞下一敗。

因為眼前這個可恨的大劍師刺客，只剩下十二滴的血。

望日長長的舒了口氣。真險。但自己的想法得到證實，感覺挺愉快的。愉快到那些畏首畏尾的粉絲探頭探腦的尾行，她都不怎麼生氣了。

但她的愉快卻維持不了好久，她很難忽視雨弓，和他那讓人火大的慢吞吞鼓掌。

「賭得真大呀，小望日。」雨弓的語氣打趣，「還好賭贏了。那羅剎娑也是個傻子……當時妳殘血他滿血，不上盾直接交手，躺下的應該是妳。」

「我最討厭賭博。」望日沒好氣的回嘴，「不可能的。我跟他交手過幾次，也看過他和別人交手的影片。有這麼**over power**的技能，怎麼可能放棄？這是一種根深蒂固的戰鬥習慣，摸清楚了就很好應對。」

「果然是讓叔叔薰陶久了嗎？小望日真是越來越聰明伶俐了……」

的確有關係。或許是看了太多雨弓神出鬼沒詭譎莫測的戰術，甚至當了一陣子的主call……她很難否認，的確被雨弓影響，思路越發靈活清晰。

但這種語氣……不能忍。

推開雨弓摸她頭的手，她吼，「住手！並且閉嘴！」

「小望日是害羞嗎？傲嬌的小望日真可愛……」

你她馬的才傲嬌啦!!但跟自戀狂叔叔鬥嘴皮真是比打敗飛天羅剎娑還疲勞艱困的戰鬥。三言兩語，她就敗陣了，還敗得很慘。

所以再下個禮拜天，她又抱著一盆花上門了……西洋水仙花。

中國水仙花到底還是太含蓄，西洋水仙花又大又美，而且更切合希臘神話納西瑟斯（Narcissus）的自戀狂（Narcissism）。

雨弓啞口無言，好一會兒才接過花，無奈的問，「一定要這麼戳？」

「專業就是戳。」望日昂起下巴，「我可是大劍師刺客。」

「…………」

後來想起來，會這樣每個禮拜天都去雨弓的家，大概就是那兩盆水仙花的錯。

等她意識到的時候，已經過了好幾個禮拜天了。連她自己都莫名其妙，為什麼一到禮拜天，就會梳洗去搭很久的捷運，走很陡的山路，去按雨弓家的電鈴。

雨弓為什麼不像對別人那麼冷淡，總是笑笑的開門，問都不問。

像是她來是很應該很理所當然的事情……明明他們不怎麼熟。

關於這一點，雨弓什麼也沒說。既沒有自戀自大的激怒她，也沒有露出絲毫不耐煩……來他家做事的阿婆都照顧他多少年了，他還是冷淡的，除了打招呼連話都不跟人多說。阿婆只是不能講話，並不是耳朵有毛病。

明明對別人都豎起一道無形卻堅實的隔閡，為什麼對她就沒有？

望日不知道，也不敢深想。

那我呢？為什麼一次次的來？

或許是擔心吧？總是很難不去想他接近獨居的生活……這麼一個身耽重病的人。

或許是因為雨弓的院子很漂亮吧？他接近憐愛的照顧幾盆茶花和皐月杜鵑，細心的選擇花器，上面覆著青苔和綿密的草本植物，營造一種美麗的意趣，開不開花都令人心情平靜。

但他也容許阿婆在院子裡種滿各式各樣的花草樹木……有幾叢盛大驚人的重瓣鳳仙，美得甚至有些俗豔。雨弓明明說過，他不喜歡在枝頭腐爛的花……但他還是容忍了，體力許可時，甚至會拿著花剪，將那些已殘的花一一剪下，修整多餘的冗枝，精神奕奕的像是無刺的玫瑰。

「阿婆家就住附近……和兒子媳婦同住。」雨弓淡淡的說，「但她兒媳有些潔癖，院子鋪滿水泥，連插花都不許……討厭動植物，總是有這種文明過度的人。阿婆喜歡種，就讓她種好了。這麼大的院子，我也管不來。」

「……那你為什麼不對她和善一點？」望日忍不住問了。既然有這樣溫柔的心意，為什麼要這麼冷冷淡淡、公事公辦？

雨弓不語良久，微微惆悵的說，「阿婆是個心腸很軟的好人。像我這種腦袋上隨時有死亡翅膀飛舞的傢伙……還是公事公辦的好。」

「不要胡說！」望日厲聲。

雨弓只是笑，「小望日妳呢？我的生活超寂寥的，來這兒又沒什麼好玩。年輕女孩子，該去逛逛街啊，買衣服啊，和死黨談談心，看看電影什麼的……」

「那些我沒興趣。」望日脫口而出，「我不懂人類，我也不喜歡人類。」

隨即啞口。說這些幹什麼？這不是把自己的弱點曝露給雨弓，給他自大自滿自戀兼嘲笑的材料嗎？

讓她詫異的是，雨弓居然沒有趁勝追擊，眼神溫柔而悲憫，「沒有想去的地方，也沒有想見的人。」

但這比被雨弓激怒更糟。因為她的眼淚幾乎奪眶而出。

是的。這就是原因。她沒有地方可以去，沒有其他事情可以做。放假一直是她最煩躁無聊的一天。在家裡捧著冷掉的咖啡，坐一整個下午，等待著黃昏、天黑，什麼也不想，不願想。

明明在雨弓家也只是看他養花、泡茶、散步。來這兒也只是做做中飯，和雨弓鬥鬥嘴皮……這些都是很尋常、想起來似乎沒什麼的事情。

「……你覺得煩嗎？」她低頭，即使這樣倔強的忍耐，還是有點掩不住的哽咽。

「怎麼會呢？」雨弓恢復輕鬆自在的神情，「我是小望日的雨弓叔叔。來叔叔家玩，叔叔歡迎都來不及了……看，我還特別準備了零食唷。」然後將一整盒的糖果遞過來，一臉的期盼和可惡到極點的「哄小朋友」表情。

望日忿忿的推開那盒糖果，聲音很大的說，「我爸是獨生子！我從來沒有叔叔！」

「哎呀，親人這種關係，不是只有血緣可以決定的啦。我知道小望日心裡是喜歡叔叔的，就是傲嬌了點……不過這也是萌點之一。真好呢，小望日果然還是很萌的少女……」

「萌你老師！」望日忍無可忍，終於罵人了。

「可我的老師們都德高望重，卻缺乏萌點……真是遺憾啊。」

「…………」

跟自戀狂鬥嘴皮，果然是世界上最不智的事情。所以她怒氣勃發的撿巧克力出來吃，化悲憤為食欲。

* * *

新一季的職業聯賽又開打了。

相較於其他職業戰隊，雪山飛狐其實是很不利的。因為職業戰隊有專屬的後援，雖然說到了這樣高端的玩家，裝備其實都大同小異了。但往往這微小的差異和巧思，就是勝負的關鍵。

人家是整個團隊在研發、有專屬工匠的支援。雪山飛狐就是個業餘到不能再業餘的戰隊，唯二有練生產技能的，只有大劍師刺客和練裁縫的阿普沙拉斯。

大劍師刺客，顧名思義，已經是刺客本體，製造武器防具的技能止步於轉職前大劍師的部分，沒辦法跟其他轉職成專業工匠比擬了。而開心心的裁縫技能雖然高，但也比不過織娘轉職的紡天……人家是天生技能又再昇華，哪是額外學習生產的阿普沙拉斯可以相提並論？

光論武器裝備，雪山飛狐就輸了一路，能在職業聯賽獲得一勝已經很了不起了。可雪山飛狐新賽季的首賽，卻跌破了所有觀眾的眼鏡。證明了武器裝備的精良和巧思，不在職業生產技能夠不夠imba[40]，而在個人的創意。真正決勝負的，是默契、心態，與戰術的澈底執行。

雪山飛狐首度出現了雙主call，不但毫無衝突反而更補強和諧的分成兩批，望日帶著開心心反殺了入侵野區的上季總冠軍隊主力，打了一個措手不及，在二對四的狀況下，開心心犧牲了，卻是個一換四的重大戰果。

而他們在野區混戰時，雨弓帶著春花秋月和啦啦啦已經打破對方城門。等敵方主力復活回來時，面對著兩個坦和一個魔劍，根本無力防守，只能退守主城大廳，卻遲遲等不到復活傳送回來的其他隊友。

只能說，有補師撐腰的大劍師刺客，強到簡直變態的程度。就算沒慘死也被騷擾到殘血，兩個人堵在墓地，就能拖住了四個人，即使最後終於擊殺了大劍師刺客和阿普沙拉斯，但靈魂熔爐已毀，季冠軍隊居然慘敗於這個接近自殺的硬性切割戰術。

雪山飛狐因此聲名大噪。

但對望日來說，這卻不是一個好消息。她原本就只是跟雨弓閒聊（兼暴跳）的時

40：imba，imbalance的簡稱，在遊戲中意指造成不公平結果的設計，通常偏向指稱角色擁有的能力過強。

候，你一言我一語想出這個利用時間差和硬性切割、非常匪夷所思的戰術，想要嘗試看看而已……

沒想到戰術成功，卻引來了無數麻煩。

現在一堆錢多得燒手的贊助商竭盡全力的想買下整個雪山飛狐，價碼節節高升，也讓望日的頭疼，程度越來越劇烈。

雪山飛狐有種詭異而壓抑的氣氛，表面平靜無波、一切如常，卻讓人心生煩躁。

當然，這是個好機會……對其他人而言。望日卻完全不喜歡這個「好機會」。或許吧，對啦啦啦和春花秋月那些男生來說，能夠成為職業戰隊，揚名立萬，在年少時璀璨一把，簡直是夢寐以求，這完全無可厚非。

連開心心都有些浮動……她和殺爽爽分了，更渴望能夠證明自己，讓前男友刮目相看，望日也不覺得這是錯誤的。

但他們都把一切看得太簡單了。

望日見過網路最血腥殘暴的一面，甚至親自體驗過……在前男友抹黑她到得罪女神成為全民公敵，什麼卑劣的污蔑和試圖人肉她都見到過了，如果還沒學會什麼，那簡直是愚蠢到極點。

職業戰隊？那只代表個人的隱私都被攤在陽光下檢視，任何微小的過失都會被無限放大。尤其是女人……特別是女人。

長得不好看會被譏笑，長得好看會被意淫。比賽失利還會被拖出來特別鞭，被當成戰犯。連會抽菸都會引起粉絲抗議……雖然她不會抽菸，但關你們什麼事情？做人不能有自己的小嗜好？

簡直是中古世紀的魔女審判，她才沒興趣為了一點錢把自己擺到火刑台上頭去。而且雨弓應該……也不樂意吧？

「職業戰隊？沒有問題啊。」雨弓語氣一派輕鬆，「但只接受贊助不給包養。贊助嘛，誰出得高給誰。頂多開心心要辛苦一點，在戰袍上繡贊助商的LOGO。代言什麼的，讓那三個小朋友自己去橋。自己覺得對外貌有自信的，就可以去賺這個代言費啊。」

他看著發呆的望日，輕輕的笑了起來，按了按她的頭，「原來小望日在煩惱這個？真是小孩子……也難怪，你們對職業電競圈不熟。」

「……這樣，還是職業戰隊嗎？」望日都忘記推開他的手了，沒想到煩惱那麼久的事情，這麼簡單就解決了。

「打出成績就是職業戰隊了。」雨弓懶懶的笑，沒有多做解釋。

只給贊助卻不給買，讓一部分的企業退卻了。論成績，誰知道雪山飛狐這種非正規戰術能夠威風多久……而且成員參差不齊。大部分想把雪山飛狐買下來的企業，主要是想買這個一鳴驚人、備受矚目的名聲，真正覬覦的是那個算無遺策的魔劍和華麗冷暴力的大劍師刺客。

若是把整個隊伍買下來，就能讓那三個不怎麼樣的隊員退居二線，另外招募更強悍的隊員……經過一小段磨合期，想要稱霸整個職業聯賽也不是夢想。

但贊助……花的錢當然少，但是卻對雪山飛狐不能有任何干涉。當然會有一定的廣告效果……但比不上擁有隊伍，將電競選手當偶像一樣培養，方方面面都損失太多。

可這時代，永遠有賭性堅強的企業主。有個賣運動鞋的台灣老闆，本身就是涅盤狂殺的玩家，更是雪山飛狐的粉絲。他無力跟人競爭那種高價買賣隊伍，但是不輸上班族月薪的贊助卻出得起，毅然決然的投下了這筆數目不算小的贊助。

雨弓對這樣乾脆的企業主也很優厚，他們甚至暫時捨棄了低調標準的為這家名為「Fierce wind」的運動鞋拍了一支廣告片——cosplay上場。

望日雖然很不高興，但因為覆面又罩著兜帽披風，非常勉強的接受了。正因為她心情非常不美麗，反而在現實中重現大劍師刺客冰冷的殺氣和威壓，都快把導演嚇死了。

容貌只算中等的開心心比較麻煩……但也不是太麻煩。失戀的打擊很大，大到她體重下降得太快速，簡直是一捆柴。現代的化妝術日新月異，而濃妝豔抹也掩不住的微微憂傷更展現了另一種style的阿普沙拉斯。

啦啦啦和春花秋月則是太緊張，跟氣定神閒的雨弓大成反比。但是夾雜著恐懼的興奮也讓這兩個沒有NG太多次。

魔劍雨弓戴著職業專屬的繁花羽冠，遮到鼻尖，長羽幾乎垂墜於地。寬大的白袍掩住了他的瘦弱，真正看得清楚的只有他如櫻花白、形狀優美的嘴。

簡單講，這個cosplay風格非常強烈的廣告片，受到熱烈非常的好評。在YouTube的點閱率簡直突破天際，原本名聲平平的Fierce wind立刻受到很大的注目，讓企業主和廣告商笑得合不攏嘴。

望日也勉強算滿意。因為cosplay的太厲害，全體面目全非，走在路上絕對沒人認得出來。

雨弓莫名其妙的一時興起，讓雪山飛狐意外的網聚了一回，她倒也沒有不高興。除了那三個實在太煩，一直興奮的追問雨弓和她的關係，讓她覺得現實不能梟首實在太遺憾了。

最可惡的是，雨弓不但不否認，反而撐著臉，懶洋洋的笑，「我跟小望日的關係……可深了。」狡黠的眨眨眼，「小望日，這禮拜天，我想吃蛋餅。」

「……我炒蛋殼給你吃。」望日咬牙切齒。

雨弓聳聳肩，對其他三個隊友說，「瞧，這麼傲嬌。都不知道該拿她怎麼辦。」

「原來副隊長會不好意思。」開心心掩口，臉孔微微的紅。

「反差萌啊！這就是反差萌～」春花秋月眼睛倒出現星星了，「隊長要好好珍惜啊，這麼反差萌又會做飯的小姐已經很少了……」

「我早就說過了。就這麼回事嘛……」啦啦啦摸著下巴嘿嘿直笑。

「我跟他一點關係也沒有！」望日大怒，但是讓她更生氣的，根本沒人相信她。

「不理你們了！」她馬上提起手提袋。

但是開心心笑著拉住她，她又不好意思打女生。

這個意外的網聚就在拍片和閒聊中度過了。每個人都很高興，除了望日有點悶以外。

但讓她很感動的是，這三個白目又天真的隊友，並沒有追問她和雨弓的現實身分，知道他們將自己的現實收得很緊，很重視隱私，完全沒有試圖越線。

贊助和專屬，差別其實是很大的……最少薪水就差很多。但雨弓一開口，所有的人都聽他的，接近盲目愚蠢的信賴與服從。

最後望日還是送雨弓回家了……折騰了一天，他的臉色真的很糟糕。

「小望日，叔叔沒事的。」雨弓垂下眼簾，「偶爾……還是可以的。」但他隨即咳了幾聲。

吹了一天的風，會沒事？

回到雨弓的家，他的臉色已經慘白如紙，還想強撐著坐著，被望日老實不客氣的架去床上躺下，果然開始發燒了。

「三十八度九。」拿著電子溫度計的望日忍無可忍，「你能不能別逞強啊?!」

「……這是我的隊伍。」雨弓閉著眼睛，慘白的臉頰透出不正常的紅暈，「我的。我不允許這麼微小的問題導致崩毀。」

所以你笑著去拚、去折騰所剩無幾的活力？

望日不願再想了，一面熟練的找藥，一面埋怨，「你居然誤導他們！」

「這是給妳和戰隊省麻煩。」他依舊閉著眼睛，彎起有些邪惡的笑，「免得那兩個男生出了什麼別樣心思，破壞團隊的和諧。」

「無聊！」望日把藥和水遞給吃力坐起的雨弓，「……我去煮些東西，有點餓了。」

她熬了一小鍋的稀飯，細細的切蔥和薑，默算今天雨弓可以吃幾分之幾的蛋，用麵粉和一點蛋混合，哄騙多些分量出來。

「我的隊伍」。一直凡事不經心，總是漠然冷笑，高傲又自戀的雨弓，用執著到偏執的語氣，說了出來。

望日飛快的擦去頰上的一滴淚，專心的看著正在翻滾的米粒，攪拌著。

事實證明，雨弓就是個連白血病都殺不死的自戀小強。有人監督他吃飯，傷風幾天就痊癒了。

但是廣告片出來了，卻讓望日恨不得咬死雨弓……拍廣告這主意簡直太破了！

她的確把臉遮得很嚴密，絕對沒人認得出來。但是攝影師在她演示招式、披風飛舞的時候，焦點都放在她的長腿上。

早就對這種中印混合的美術風格很不滿，女性角色個個衣不蔽體，她才會都罩著兜帽披風不放。

失算了！

結果就是有人擷取那短短的一幕當桌面，討論最多的除了柔弱的開心心，就是她的腿。

她立刻打電話去問攝影師在涅盤狂殺的帳號，可惜誰也不肯告訴她。

之後「雪山飛狐」本身的名字沒有變，但是比賽時的英文縮寫卻是FW（Fierce wind）。

隊伍裡有個生產技能是裁縫師的，的確很方便。為了這筆幾乎人人領月薪的贊助，開心心辛苦了幾天，在每個人的衣服上繡LOGO，通常在手臂，只有望日的LOGO雨弓特別要求繡在披風角。

「……為什麼我必須例外？」望日的聲音反常的冷靜。

「總要給贊助商一點殺必死……繡在那兒能見度最高。」雨弓閒然的回答，並且輕鬆的閃過緋紅匕首……命中了後面的啦啦啦，讓他慘叫一聲。

幸好千目的血夠厚，望日榮獲系統警告一枚，沒有衝動的再擲出任何匕首。

「破主意！」望日真的要氣炸了。在涅盤狂殺出沒時，人人都盯著她的腿。看什麼看？有什麼好看的？路上哪個女人的腿不是長這樣？

「在涅盤狂殺是不希罕……但在現實中就希罕得很。」雨弓露出非常可惡的笑，「原來魅力這種東西也是可以潛移默化的……連長腿都可以美得很有氣質。」

望日立刻站起來，一言不發的走出去刷卡排個人對戰，拿出匕首，戳得敵手滿地亂竄。

當然，她最想戳的是雨弓。可惜她打不過，依舊被電假的。

Fierce wind的贊助，曾經被許多人看衰和譏笑，但接下來的職業聯賽，卻讓更多企業痛心疾首，自悔短視。

並不是說，雪山飛狐從此一帆風順大殺四方……哪有那麼好的事情。他們勝率尚可，五成左右。但是每一場比賽卻異樣的好看，不管對手是誰。展現一種華麗而凶猛的風格，連柔弱的阿普沙拉斯都會舉起法典K人，看這風氣有多殘暴。

贏得高歌猛進，輸也輸得浴血燦爛。明明只是一支僅接受贊助的半業餘隊伍，卻充滿了強烈的魅力。

結果就是雪山飛狐的比賽永遠收視率爆炸，許多人明明在遊戲內已經透過大螢幕現場看過了，電視重播的時候還是津津有味的再看一遍。粉絲自己發起的粉絲團，人氣已經超過某些職業戰隊了。

開心心、啦啦啦和春花秋月還願意跟粉絲互動，獲得一個親和的形象。但是雪山飛狐的隊長和副隊長依舊是一團迷霧，神祕的不得了。

當然，有一些流言。像是望日的前男友出來晒她的資料，鉅細靡遺的。卻沒有多少粉絲相信。

因為被疑為望日的汪陽汪老師，總是一臉詫異的靜靜看著人。鬼才會相信這麼保守規矩的補習班老師會是冷暴力的大劍師刺客吧？

群眾是很盲目也很會自己創造神話的。如果晒出來的是個酷兒、社會運動者，說不定就有人信了。但一個不知道哪來的傢伙突然指稱一個規矩的老師是超級暴力的刺客，就會被嗤之以鼻。

汪老師依舊過她平靜的日常生活，幾乎沒受到什麼打擾。

更神祕的雨弓，正在涅盤狂殺的荷湖水中亭，靜靜的和一個面目很熟悉的人默默相對，嘴角依舊噙著睥睨而高傲的微笑。

「……skywalk。」ＩＤ為Nimbus的玩家，生澀的喊他。

「我現在叫雨弓。」他淡淡的回答，撐著臉孔，「我不當skywalk好多年。」

「結果你還不是又有了戰隊？」Nimbus苦笑了兩聲，「什麼都改不了你。」

雨弓的目光柔和了些，只是有些縹緲。Nimbus。少年時LotR橫行，Nimbus和他一見如故，形影不離，加入同個戰隊，直到踏上國際舞台都是最好的朋友和夥伴。

就像是現在的他和望日。

有很多美好光潔的回憶，也有很多痛苦和不堪回首。

「玩玩而已。」雨弓漫應，「怎麼？電聯俱樂部也把目光朝向涅盤狂殺？雖然我不意外……華人市場也不小。」

「這是原因之一。」Nimbus點頭，「但主要是……我想見見你。」

果然是太熟悉了。他都將臉遮了大半，結果這個老友還是一眼就認出來。

「我很好。」他淡淡的回答。

「憔悴成那樣……是很好的樣子嗎？」Nimbus怒目，「為什麼不聽我解釋？為什麼要這樣銷聲匿跡？罵我啊！跟以前一樣什麼都怪我啊！難道……你沒有什麼話要對我說?!」

對喔，當初他真是個討人厭的傢伙。雨弓想。脾氣超級差，老愛遷怒，又喜歡對Nimbus惡作劇……任性的令人髮指。

身在異國，只有這麼一個同國籍的好友，卻對他那麼不好。後來發生的種種，只能說自作自受。

「有啊。」雨弓神情肅穆起來，「對不起。」

Nimbus語塞，旋即暴怒，「我特別買感應艙跑來這兒，不是要聽這個的！你什麼都要搶……連道歉都要搶在前頭？太狡猾了！你為什麼一直都這麼狡猾……」

「本性難移嘛。」雨弓又露出微帶邪惡的笑，「我太了解你了，知道你想說什麼。講太慢就是這樣的下場啊……懂？」

Nimbus呼吸沉重，好一會兒才緩過來，「……我不是故意把你的隱私賣給報社。我只是被灌醉，說了太多……事後我收到報導和報酬時，你不知道我有多震驚……」

「這個我們好像吵過了。」雨弓似笑非笑，「吵過就算了。」

「你只是不停的辱罵我，並沒有聽我解釋！」

「好，現在你解釋了，我也聽到了。我道歉。」

Nimbus啞口，說不出有多不痛快，「愛可並不是因為你生病才跟我的……」

「我知道。只是長期不滿的爆發……我們個性都太強了。愛可本來就比較適合你……你什麼都不講，我也不知道你先追愛可的。我再次道歉，好嗎？」

Nimbus覺得悶，非常煩悶。什麼話都給你說就好了啊！幾年不見，為什麼磨掉暴躁和自私遷怒的skywalk會讓人更火大更忿恨？

討人厭的本質根本就沒有改，只是包裝得更精美而已。還是那種高高在上、睥睨高傲的態度！

「閉嘴！我真討厭你skywalk！」Nimbus的腦神經很脆的崩了。

「那是當然的。」雨弓饒有興味的撐著臉，「Nimbus。這是天才的缺陷啊。我覺得這幾年脾氣改很多了，但還是……所以我只能道歉了。」他雙手一攤。

Nimbus怒吼一聲，轉身就走。但走沒幾步，又硬生生的停住。深呼吸……對，深呼吸。

「skywalk，電聯俱樂部想在涅盤狂殺……」

雨弓打斷他，「我可以開一張名單給你，都是很有潛力的選手。但我就不用了……我已經有自己的隊伍，並且已經有贊助了。」

Nimbus難以置信的看著他。太不可思議了。他認識的skywalk，為了獲勝，連靈魂都願意賣給魔鬼。他跳過幾次隊伍，還強迫Nimbus跟著跳，就是為了追求最完美的陣容，和最大的勝率。

「一個三流隊伍？」Nimbus高聲了。

「有我在，早晚會變成一流。」雨弓倨傲的看著他，「老友，你可以招募選手，打造一個超水準的戰隊。我很期待跟你正面交鋒。我的隊伍，和你的隊伍。」

「……為什麼？」Nimbus有些茫然了，「明明你可以……你和你的大劍師刺客。我知道你在培育她，我看得出來。但是……」

「老友啊，」雨弓垂下眼簾輕笑，「你還記得我們最初在LotR橫行的時候，是怎樣的心情和初衷嗎？」

當時LotR的華人還不多，他和Nimbus的英文又很破，內建的翻譯又有點辭不達意……常常被人瞧不起。

就是要做給那些死老外看，就是要贏。跟我們的朋友在一起，想辦法取得勝利。一開始，就是這麼簡單的初衷而已。

「我只是又想起了那時候的心情。」雨弓揚眼，薄酒紅的瞳孔滿沁寧靜，「然後我覺得，我還活著。」

一定被茶毒的很厲害。和那個新手錯身時，望日有些同情的想。

修羅殿的荷湖很美，但來修羅殿的人絕對不是來看風景的。幾乎只有雨弓才會沒事在這兒自飲自酌，湖心亭簡直就是他專屬的。

她也很習慣拐來這兒找雨弓，這傢伙長年拒密，有的時候不小心忘了開，連她都密不到，乾脆來找人了。

結果遠遠的，她就看到雨弓跟人在講話，而且還講了很久。她很詫異，但也只是站在岸邊等。直到那個陌生的新手暴跳，怒氣沖沖的從她身邊走過，她才舉步往湖心亭去。

「你的老友？」她問，「拍廣告果然是個爛主意。」

雨弓微微挑眉，「哦？何以見得？」

「不要把我當笨蛋。」望日沒好氣，「你才不會把時間花在不相干的人身上。連啦啦啦他們出槌，你最多是用下巴瞪他們無聲的譴責，還要我費神去翻譯。你都跟他談那麼久了……感應艙不便宜，會特別買來上線找你……除了廣告我還真想不出其他線索和途徑。」

「不錯嘛，小望日。叔叔的苦心沒有白費。」雨弓交疊纖長的雙手，笑得一副「老懷欣慰」，「唉，叔叔實在太強了，只是稍微點撥，小望日的智商和邏輯就一日千里……」

望日實在忍無可忍，「你到底有什麼找不到自戀的題材啊?!……」

雨弓卻笑得更邪惡一點，心滿意足的欣賞她暴怒的模樣。

這傢伙……

她心底一動，「那個人……是你很要好的朋友嗎？」

「Nimbus？曾經很要好。」雨弓的笑淺了點，淡淡的說，「小望日怎麼知道的？」

「因為你是個高傲自戀的水仙花，」望日發牢騷，「只有你看得起的人才會被『特別照顧』得暴跳如雷。那樣的人少得可憐……倒楣得也很可憐。」

雨弓吹了聲口哨。「小望日總是能讓叔叔很驚奇。對的，以前我也只愛戳Nimbus。」卻把話題轉到別的地方去了。

還是望日下線醒來，才仔細思考雨弓的話。然後躺在感應艙很久，不想起床。

她的心情，有一點點複雜。個性惡劣的雨弓，表達友善的方式總是很彆扭。而且人際關係執著到偏執的地步。想想他那只有一個私人號碼的通訊錄……

然後她被自己戳了一下。

難道我不是這樣嗎？

之前滿懷怒火卻缺乏實力的時候，更難聽的辱罵和污蔑，她除了動手反擊——明知道會被殺——曾經發過脾氣嗎？

沒有，其實。

因為那些人跟我一點關係也沒有，都是一群盲從的笨蛋。她跟笨蛋浪費口水做什麼？白白降低自己的智商而已。她只是很小心眼的記恨，我不主動惹人，但惹到我就別想舒服過日子。

唯一能夠惹怒她、讓她擔憂的人，也在她手機唯一的通訊錄裡。

所以她才會這麼明白雨弓。

這樣對嗎？她蒙住自己的臉。人類是那麼可怕的生物，光用口舌就能殺人……網路更助長這種惡毒的猖獗。

喜愛的女作家之死，男友背叛後抹黑，她以為是朋友的訴苦反而被惡意截圖……沒教會她什麼嗎？

憑什麼她能肯定雨弓可以例外？不知道。真的，不知道。

心情很不好的去上班，但因為她是個這樣壓抑的人，所以幾乎沒人察覺她有什麼異狀。

但上涅盤狂殺時，雨弓只瞟了她一眼，「小望日為什麼不開心？」輕輕按了按她的頭。

這次她沒有甩開，只是低頭，強忍住眼眶裡的淚水。

我明白了。她想。我真的，明白了。

以前她只會唸爸爸，對他囉囉唆唆。別的親戚抱怨她爸爸不負責任，把她一個人留在家裡時，她都會勃然大怒。

你們懂什麼？爸爸才沒有丟下我。他是為了工作的熱誠，所以才不在家的。爸爸很愛我，我也很喜歡爸爸。我並不怕一個人在家，因為爸爸總是會回家的，不是小孩子就很怕孤獨好不好？

我才不怕孤獨，我也不寂寞。我知道爸爸總是念著我的，不回家都記得打電話回來跟我說。

雖然爸爸總是惹我生氣……但我也只會對爸爸生氣而已。我氣他沒吃好睡好，沒有好好照顧自己。我只想讓爸爸吃好一點……有鮪魚肚也沒關係。我只想著趕緊把爸爸帶回來的髒衣服洗完烘乾摺好，擔心他出門沒衣服穿。

爸爸是很白目很孩子氣，這麼大的人了，還這不吃那不吃的偏食。真擔心她長大嫁人以後爸爸一個人怎麼辦……勸他再婚，結果他死都不要。

「只有小陽才受得了我……」爸爸聳了聳肩，一面據案大嚼，「害人害己，何苦又何必？」

那時她心底暗暗嘆氣。這樣的爸爸。看起來她還是別想結婚這件事情比較好……怎麼放得下？

但爸爸卻用「死亡」讓她不得不放下了。

她以為會有很多「以後」，卻沒想到世事無常。

「……小望日？」向來淡定的雨弓被她嚇得有點不淡定了，「發生什麼事情？」

「我……」一開口，眼淚繃不住也隨之而下，「這個禮拜天，還可以去看你嗎？」

「當然！妳知道叔叔一直都……」

「下個禮拜天？下下個禮拜天？」她已經泣不成聲了。

傻孩子。雨弓寧定了點，有點啼笑皆非。心腸很軟，總是想太多的傻孩子。

「太招人喜歡真是麻煩……」雨弓溫柔的輕撫她的頭髮，「但若是小望日，叔叔就勉勉強強接受這種麻煩吧。」

「誰喜歡你啊?!」她卻哭得更厲害。

喜歡什麼的，她不知道。她知道的是，她的心眼很小，非常非常的小，只能裝一個人。愛不愛什麼的，她更不想知道。她只是要想去的地方，和想見的人。

雨弓遞手帕給她，語氣有點無奈和微微的寵溺，「擦擦眼淚。真是……雪山飛狐的當家主力，哭得滿臉眼淚鼻涕……傳出去被人笑死。」他目光悠遠，「小望日想來，隨時都可以來。直到……我死亡為止。」

望日賭氣的用他的手帕擤鼻涕，「禍害遺千年你懂不懂？不懂等等我查google給你！」

「這是強烈的人格魅力，小望日大些就明白了。」雨弓氣定神閒的說。

「我都快二十七了！」

「心智年齡卻一直只有七歲呀。」

和雨弓鬥嘴皮有個好處：你會完全忘記憂傷和痛苦，只感到暴怒。

「……夠了！」望日終於敗陣，「拜託你不要跟我講話！」

雨弓果然閉嘴，卻用饒有興味的眼神瞅著她，帶著一點點惡意寵溺的微笑，一臉「小朋友就是傲嬌真可愛」的表情。

望日險些把雨弓的手帕給撕了。

＊　＊　＊

雪山飛狐正在團練。

涅盤狂殺非常鼓勵電競，連半業餘的雪山飛狐都受到特別的優遇——超高ＡＩ的ＮＰＣ模擬對戰室。

千萬不要小看這些超高ＡＩ的ＮＰＣ。以前剛開放這功能時，自負的職業戰隊挑了地獄等級的練習賽，結果……一個小時後，投降。每個人都不知道死了幾百遍。

現在他們團練用的是困難模式，再上去還有精英模式、地獄模式。坦白說，連職業頂尖戰隊團練最多的也是困難模式而已，精英已經不是人力可以挑戰的，更不要提地獄模式了……那真的能讓人體驗何謂「地獄」。

而且這些NPC，脾氣比望日還大。誰敢在對戰時輕蔑的說什麼垃圾話，特別是「NPC」，就會突然從困難模式跳到地獄模式，完全是找虐不找錢的。

但不管是望日主call還是雨弓主call，他們的話都很少，根本沒有講垃圾話的可能。他們關注的永遠是戰局，敵方動向，開戰時機和地點，如何開戰和反開戰等等……沒那個興趣耍嘴皮。

現在就是望日主call，面對一隊組合匪夷所思，極度暴力但也非常脆皮的NPC隊伍，簡直是全體刺客，一個照面就定生死那種。

戰況有點逆風，而他們實驗的一個新戰術又不怎麼熟練，簡直是在訓練抗壓力。其實，望日不適合主call。雨弓默默的想。不是說她不行，而是太浪費了。

她大局觀學習得很快，令人意外的好，甚至可以準確預判到雨弓七、八成的程度。可見全息網路遊戲的強弱和性別一點關係都沒有。

但除了雨弓跟得上她的反應和預判，其他人總是慢一拍……而往往這就是致命的一拍，勝與負的關鍵點。

於是，她必須壓抑自己的能力，配合隊友的程度。別人讚嘆望日宛如潔白的死亡蓮花，綻放得如此致命時，雨弓總是會有微微的遺憾。

望日比較適合打個人賽，那才是她的舞台。什麼死亡蓮花……她是火，憤怒狂暴而美麗的火焰，足以肆虐狂燃所有職業個人賽。

把足以登上頂峰的漾火刺客，壓抑得不到一半實力的留在團體賽，還更給她主call的枷鎖……雨弓覺得自己真的越來越不專業了。

但要那麼專業做什麼？他自嘲的笑笑。

望日和少年的他有個決定性的不同：她太明白、太了解名利的虛無。不像那時候的他那麼渴望引人注意、璀璨輝煌，渴望得那麼盲目。

她會在這裡，只是因為對懷有善意的人心太軟。開心心還乖乖上學，只是閒暇時都在努力練習瑜伽，啦啦啦和春花秋月是乾脆的把工作給辭了，自律的照著雨弓給的講義照表操課，全心全意的投入。

望日麼？

幾乎什麼也沒改變。如常的上班、教書，下班去健身房活動筋骨，回家煮飯吃飯，看看書。假日的時候來他家，陪他種花喝茶，做飯給他吃，告訴他那盆小茶花又長了兩片新芽之類的。

這麼年輕，卻也這麼無欲，簡直要生離塵心了……他都不知道這樣是好還是不好。

不過，如果她不是那樣乾淨到簡直偏執的程度，或許他也不會這樣頻頻回顧，放不下這個小女孩子，小望日。

訓練賽最後慘勝，雙方幾乎同歸於盡，靈魂熔爐是唯一倖存的開心心一下下的用法典打爆的……她完全沒有魔了，也就剩一點血皮。

每個人都很累，但望日還是打起精神，一一點出剛剛配合上的缺失，和需要改進的地方。

這個時候，她就很像現實裡的那個汪老師，充滿耐性、循循善誘。

雨弓淡淡的補充幾句，就解散了這次團練。每日團練非常必要，默契往往就是打出來的。但是機械性的大量團練，只是讓注意力下降，失誤連連……更重要的是，很容易厭倦。

全息網遊職業選手的生涯長不長，其實和體力和年紀相關性不大……許多人沒發現的是，對遊戲的熱誠在不在，能維持多久。

開心心、啦啦啦和春花秋月，其實還不到職業選手的心態。若是過去的他一定覺得是群沒救的垃圾……現在他卻不這麼想了。

天分很重要，但努力更重要。但比這些更要緊的是，能不能認清自己的能力，和在團隊中的位置。

最少這三個小朋友在這方面可以拿個滿分。而不是像某些眼高手低自以為了不起的傢伙，只會心懷妒恨的下絆子扯後腿。他們缺乏天分，但非常努力，想辦法追趕上來，懷著百分之百的熱情。

所以不能讓他們太早厭倦，必要的時候，得對他們稍微好一點。天知道他要忍住嘲諷有多困難……那種漏洞百出的配合，笨蛋到極點。

不過是群可愛的笨蛋，那就算了。

「……雨弓，你不舒服嗎？」望日卻有點毛骨悚然。今天雨弓居然沒有毒舌……這是種天賦也說不定。他總是能用最少的字，說出最毒的話。她都覺得啦啦啦他們超可憐的，被這樣抖S[41]的雨弓精神霸凌。

雨弓笑笑的瞟了她一眼，「我只是覺得，對自己人要稍微好一點。這麼耐操的隊員都調教這麼久了……跑了怎麼辦？張弛有度嘛……笨蛋不是絕症，但也不好治。還是不要操之過急為好。」

「我看他們還是跑一跑的好。幹嘛找虐呢真是……」望日咕噥著。

雨弓似笑非笑的，「就是。還是小望日跟叔叔練練手吧……比較不像欺負弱小。」

你看我像是愛找虐的樣子嗎?!

但和雨弓相處久了，望日也終於學會了轉移話題避免被虐的技能。

「我用積分貨幣買到鬼釀了。」望日轉頭，「而且我去學了『烹飪』這個生產技

41：抖S，源自日語的「ドS」，S是指虐待狂Sadism，意為更加強調的超級虐待狂。

能。」

雨弓望著她深思，「小望日，妳在賄賂叔叔嗎？」

「愛喝不喝隨便你……反正你在現實可是一滴酒也別想沾。而我呢，所有和蛋有關的食譜都學了……足可以讓你吃到以後看到雞蛋會害怕。」

「這麼豐厚的心意……叔叔就暫時放過妳吧。」雨弓笑得如春風般和煦，卻讓望日寒了一下。

這個「暫時」，真是充滿不祥的意味。都不敢想下次雨弓和她「練練手」時，會虐到什麼程度……

但是「賄賂」這個大絕，卻時靈時不靈的，完全看大叔心情如何。不高興的時候當然免不了，太高興只會虐得更慘。在陰晴夾縫中力求生存好不辛苦。

所以雨弓淡淡的說，她在健身房無須白費時光了，眾多武術中挑一門來學——拜全息網路遊戲雜誌所賜，腦袋空空的少年郎早就知道天生自然的腦袋瓜子無計可施，但是揮灑汗水卻有成為高手的可能……

於是學「功夫」變成二十一世紀中葉最潮的流行，誰要不會一兩招真會被朋友笑。後遺症就是，學了幾個月就自覺是大俠了，老愛從公車窗戶翻進來，再過去刷悠遊卡，造成很多輕傷的意外……迫不得已的，所有的公車窗戶開始上鎖，並且嚴厲懲罰自以為很神跳到車頂的三腳貓俠客們。

「只要能協調四肢就行了，對吧？」

雨弓點點頭，略帶興味的看她，「小望日想學什麼？」

「太極拳。」瞥見雨弓挑起眉毛，她補充，「我們電腦補習班就在外號叫做『補習街』的地方，想補啥都有。附近有個太極拳補習班……其實也教劍術。不過那是高級班，拳法未畢業是沒辦法學的。」

雨弓偏頭想想，聽起來算是自律很嚴的，不會掛羊頭賣狗肉外帶騙死人不償命。

「nice，那就先學著看看吧。」雨弓笑了笑，「鼓勵妳的隊友，不管看起來蠢不蠢。」

……上線還沒十分鐘，隊長就開啟嘲諷技能對付副隊長，這樣對嗎？

無視他無視他……為了自己的肝著想，絕對要無視他。

「下午曼珠沙華遊戲雜誌要作雪山飛狐的專訪……人人有分，為了不搶你們的風頭……所以我只是去當個看板、打打官腔。小望日，要好好擔任主訪的職責喔。」

「……有什麼好訪的啊?!有那時間不如去團練！」

「當然是為了那筆豐厚的贊助費。人家錢都花了，總要給點甜頭。」

望日的臉黑得幾乎滴水，「叫ＦＷ把攝影師ＩＤ交出來，不然我不幹。」

「節目開天窗，我和妳是無所謂啦……妳有正職，我有房租收入。就其他人稍微可憐一點點……這麼不配合的戰隊，是我我也不想繼續花這筆冤枉錢贊助。」

於是黑著一張臉的望日，蒙著覆面，拉低兜帽，殺氣沖天的接受特地用官方臨時ＧＭ[42]帳號來採訪的記者。

面對這個全伺服器第一殺的女刺客，壓力真不是普通的重。

她心眼真的很小也很記仇。雖然這次訪問她配合而客氣，但是等她上班午休時翻到那篇報導……她立刻撥電話給官方，想要知道記者大人在涅盤狂殺的ＩＤ。

當然，誰也不肯告訴她。

明明五個人，廣告那天也順便拍了很多沙龍照，結果記者大人卻擷取了廣告片裡，飛舞披風露出雪白長腿的那一張……而且是封面！

為什麼啊?!

天知道忍住不當場撕個稀爛需要多大的意志力。若非這本雜誌是公司資產，她真的想辣手摧書。

草草的翻了一下……還好，除了封面這個毛病，記者大人沒有二創和腦補，還算不離譜。只是後面的賽評專文讓她囧了一下。

「目光永遠比勝利更高一線，機械般冷靜，完全定義了『華麗冷暴力』的標準風格。雪山飛狐的第一主力，所過之處無不屍山血海……

「……頂級的大局觀，無懈可擊的操作，其他戰隊最可怕的惡夢……更是最常被集火的目標。直到醒悟集火只是被這個可怕的刺客綁死，卻怎麼也殺不了她，往往城

42：GM，Game Master，為遊戲公司派駐線上遊戲內部，提供客戶服務，並協助排除障礙，使遊戲歷程順暢的服務人員。

門就這樣陷落了……」

她快快翻過那幾頁，省得肚子裡的早餐不保，快速翻到結論。

「『雪山飛狐』是支奇異的隊伍。目前勝率六成，坐四望三。但他們最神奇的地方是，能夠痛快打爆所有排名在他們之前的隊伍，卻會在排行低於他們的隊伍陰溝翻船。標準的遇強則強遇弱則弱。或許是尚未適應賽季，或者是半業餘隊伍的缺點？明明擁有兩個頂尖輸出主力，目前聯賽第一和第二都無法完封，遇到雪山飛狐只能遺憾吞敗。但遇到排行最墊底的西恰戰隊，卻大戰三百回合然後被抓到小失誤團滅戰敗……這實在令人理解不能。」

……這有什麼好理解不能的？排行越高的隊伍，幾乎都有他們的風格，很好針對。排行低的……既沒有戰術也沒有風格，誤打誤撞的進入了「無招勝有招」的境界。

真正的問題，其實還是她這個主call身上。她自己也很納悶，這是什麼巫術？使用遠偵技能，往往是五個方向，各做各的事情。

她總是想得很深很遠，步步推算……然後結果讓她完全傻眼。

水仙花叔叔卻沒有怪她，反而笑個不停，「小望日果然是個認真過度的小女生。萌感爆表。」

望日立刻掏出一小瓶流金酒，往他桌上重重一頓，期待能讓他閉嘴，抱著腦袋繼續思考。

「小望日，看在這瓶流金酒的份上，叔叔指點妳一下好了。」水仙花叔叔疊起纖長的雙手。「妳去單排五人競技就知道為什麼了？」

「……跟四個不認識的人當隊友？」她深刻懷疑了。

「對。」雨弓笑得邪惡了一點，「歡迎來到團體競技排行的地獄。」

……話不能好好講，非要文青風不可？

因為個人排行競技和團體競技的積分是分開的，所以望日開始打團體競技，等於是從零開始……然後猛了一波震撼教育。

九隻無頭蒼蠅，技術和地圖觀是B咖中的B咖，嘴炮卻是MAX級的。她深深感到一打九的痛苦。

居然有人能速爬團體競技排行，真是令人佩服。這IQ和EQ非高到超凡入聖才行。

誰都覺得自己是老大，誰也不肯聽人指揮。就是在野區亂竄搶buff[43]野怪，然後摸黑和敵方撞上，賭誰的運氣好、人夠多，殲滅對方或被殲滅。

……原來如此。難怪遇到那些排行墊底的老是陰溝翻船……這些傢伙還保留著爬天梯的習慣，團戰特鳥，但為了生存下去，單兵技巧早就百鍊成鋼了。

不過這部分，真的得稱讚一下，望日的確非常有天分，痛苦了一個禮拜後，她終於淡定了，也找到跟隊友溝通的方法……

用人頭數跟隊友溝通。

人頭數2X零死零助攻（殺死二十幾個人、不曾死亡、但也不曾協助他人殺敵），隊友就突然都安靜了，妳說什麼就是什麼。雖然還是亂糟糟的，但總算從一打九變成一打五，偶爾遇到比較開竅的，還可以來個二打五或三打五。

只是她會暗暗感嘆，玩了這麼久的涅盤狂殺，沒想到這遊戲真正的地獄模式，居然藏在團隊競技排行中。

也是第一次感覺到，涅盤狂殺是個難度非常高的遊戲……高到突破天際了。

戰隊排行競技其實和比賽規則沒有兩樣，大約dota或類dota的遊戲內容都差不多。只是相較起來，涅盤狂殺的團體競技規則簡單多了，少了爭取據點或尾兵[44]等等內容，在雙方主城間只有一條路，完全無所遁形的明亮，其他都是罩滿戰爭迷霧[45]、毫無視野的叢林。

叢林裡的野怪沒有固定位置，而是遊走型。但有固定的遊走路線，擊殺後在短時間內會有很強的增益效果，等於多了件裝備，或防禦或攻擊不一而足。

至於殺人，不但會增加己方城門的防禦係數，也會獲得戰爭貨幣，足以購買戰場

43：buff，遊戲中獲得的增益狀態。

44：尾兵，網路遊戲英雄聯盟（lol）術語，因為遊戲設定虛擬貨幣的重要來源為擊殺敵對士兵單位，而獲取標準只看由誰取得擊殺士兵的最後一擊，因此如何穩定取得擊殺數成為遊戲中重要課題。

45：戰爭迷霧，即時戰略遊戲術語，由傳統軍事術語沿襲而來，原指戰場上因情報不足而產生的未知狀態，在遊戲中則常以未經探索的陰影區域來表現。

可以使用的紅藥水（補血）或藍藥水（補魔），或者短暫時間內可以照亮一定範圍戰爭迷霧的道具。

看似簡單，但是叢林說大不大說小不小，所以演變出許多戰術，掌握視野成了重中之重，但是只能掌握一定程度的視野，往往被發覺就會反過來掉入陷阱。

職業戰隊甚至有教練或分析師特別注重這一塊，入侵路線和反入侵幾乎成了各隊的不宣之祕。公會戰和國戰能夠毫無限制使用的生產系陷阱，在涅盤狂殺的團戰排行競技是不被允許的（同時除了主城商人販賣的補給，生產系的藥水也無法使用）。

想要獲勝，就必須要用智商完暴對方，一個失誤就會全盤皆輸。

但這是職業戰隊的覺悟。

大部分的玩家，都是從單排團隊排行競技開始的。系統配對的戰友往往是陌生人，別說戰術，不要送頭搶野怪就已經謝天謝地了，自己只能力求生存，賭對方的失誤比我方多，吵架比對方少，才能獲得勝利。

但這樣磨練下來，能夠爬上高端的玩家，幾乎單兵技巧都嫻熟無比，很容易被職業戰隊挑走。但是那些會排行墊底的職業戰隊，往往就是保持著以前單兵時的壞習慣，缺乏教練或分析師的約束，才會在職業聯賽中墊底。

打了一個月的團隊排行競技，望日終於了解了。

為什麼雪山飛狐遇強則強遇弱則弱……因為她這個不稱職的caller，起點就是從職業戰隊的角度切入，可以說完全吸收了雨弓的潛移默化。對方有戰術，她就能夠從職業和隊伍風格去推算，用智商輾壓。

但是對方沒有戰術和風格，她會過度推測，然後戰敗於隊伍單兵技巧參差不齊上頭。

團隊排行競技，她爬得很快，一個月就進入前五十名。她深深理解到，世界上最痛苦的不是神一般的敵人，而是比豬還笨的隊友。

她畢竟只是個薄命的刺客，殺人數多只是因為她擅長暗殺抓落單，不可能自己跑去人家城門口破門當個玻璃箭靶。

但是她會花二十分鐘拿到最大人頭數，平均每分鐘殺一個，就是為了讓後來的五分鐘舒服一點——殺到這個程度，這些說他們是豬還侮辱豬的隊友才會乖乖聽指揮，用她覺得最愚蠢的辦法，集結在一起破門。

戰術什麼的都是浮雲。她悽愴的想。有人頭才有人權，人頭最多的才有發話權……果然是殘酷的地獄模式。

不過也很難否認，這種地獄模式的確是訓練單兵技巧最好的方法。她也學會了調整怎麼應對那些沒有風格也沒有戰術的墊底職業戰隊。

最後她含蓄的要求啦啦啦、春花秋月和開心心，每天起碼去單排團隊排行競技兩次。

但她含蓄也沒用，面對隊員的不解，雨弓冷笑一聲，不留情面的戳破，「因為你們的單兵技巧……幼稚園都沒有畢業。」

望日怒視他，其他隊員卻臉孔火辣的低下頭，居然連反抗或回嘴一下都沒有，乖乖照做了。

「……幹嘛這樣?!」望日火大，「他們已經夠努力了！」

「從來沒有『夠努力』這種事情。」雨弓冷酷無情的回答，「職業電競就是這麼殘酷。我已經開始有點不耐煩了……」

「是我這個caller有盲點！要說錯也是我……」

「妳有盲點妳想辦法糾正了，而不只是倚賴天賦和才華。」雨弓高聲，「這麼久了，他們還是停留在業餘的水準！」

望日閉嘴，凝視著雨弓罕有的焦躁。

「因為Nimbus已經封頂，正在籌備戰隊，準備參加聯賽，對嗎？」望日也不留情的戳破他，「不然你早就知道問題在哪，為什麼現在才發脾氣？」

「……我沒有發脾氣。」雨弓轉頭。

「有，你有。」望日拉下覆面，嚴肅的看著他，「你沒想到他會這麼快封頂，也沒想到他居然也選了魔劍這個職業。誰都能輸，但是不能輸給他？你以為還有時間，卻沒想到大出你意料之外，所以你遷怒……」

「夠了！」

「才不夠。」望日瞪他，「我以為我很不懂溝通，結果你比我還糟。什麼都悶在心裡，只會突然爆炸在不該炸的地方。你老說我是小孩子，現在你才是小孩子！」

望日拂袖而去，雨弓凝視著她的背影，直到看不見了，才頹下雙肩。

對。小望日說得都對。或許他比想像中更在乎Nimbus。即使有了解釋，他理智能夠接受，但情感還是受創極深。

被完全信任的人背叛。

輸誰都行，就是不能輸Nimbus。他疲倦的掩住眼，覺得寒冷，蕭索的寒冷。

像是回到那一天，他剛拿到確診為白血病的報告，回到家看到愛可和Nimbus擁吻的那一天。

他最愛的人和最知己的朋友。

當下那種支離破碎的感覺。

病後死寂的幾年，他很少想起愛可，卻常常想起Nimbus。或許愛人來來去去，他曾經堅定的認為他和Nimbus是永恆的知己。

他錯了。大錯特錯。

雖然明白，雖然了解，最該責怪的是自己該死的個性。但他不管怎麼樣都無法忘懷那段最美好的少年時光，年少輕狂的skywalk和Nimbus，並肩昂然同行的日子。

不管怎麼樣，都不想輸給他。

背後被點了點，把他從往日的緬懷驚醒過來。

繃著臉的望日，把食盒裡的食物一樣樣的擺出來，還有一壺叫做「太湖白」的酒，給他和自己斟了一杯。

都是他在現實叨念過，不能吃不能喝的食物。

「男生的友情真是莫名其妙，我完全不懂。」捧著酒，望日把臉別開，「但是你想贏，直說就好了，不要亂發脾氣。」

「……叔叔很抱歉。」雨弓柔聲。

望日卻莫名的難過起來。雨弓提起的很少、很輕描淡寫，但傷痕的味道很重。

她很熟悉那種傷痕的味道，所以分外難以忍受。她寧可雨弓繼續自大自戀水仙花到把她氣得暴跳如雷，卻不想看到他低頭，頹著肩膀。

「……我們會贏，一定會贏。我保證。」她豎起英眉，將酒一飲而盡。

經過慎重考慮並且徵求雨弓同意後，望日盡量簡約只提重點的說了雨弓就是

LotR的skywalk，本來轉當教練的Nimbus，已經來到涅盤狂殺，準備組戰隊加入聯賽中。

原本望日還煩惱自己講得太簡約，隊友會聽不懂，誰知道會一石激起千疊浪。

原本有點沮喪兼低潮的隊友們突然精神大振，七嘴八舌的表達了對skywalk的崇拜和驚喜，原本的服從更上升到狂信者的盲目程度，團練之餘就瘋狂的去團體排行競技單排著去找虐。

skywalk欸！那個世界頂尖電競高手！誰國高中時不是守著電視看他霸氣震懾全場的精彩比賽？沒想到消失了這麼幾年，居然成了我們戰隊的隊長！當然是他說啥就是啥，難道你比skywalk更厲害？

望日啞口無言。她不擅長人際關係，但也知道雨弓這頓脾氣發得太錯誤，想要稍微彌補一下。她還在上大學的時候就在補習班打工，畢業後就乾脆轉正職老師了。

學生不是不能罵，但是要罵得有技巧有理由。最好是「責備」，而不是發洩情緒的「辱罵」。因為情緒化的辱罵什麼也得不到，內向的學生只會越罵越笨，叛逆的學生越罵越故意。

稍微轉個彎，認同的確不容易，隱約的說明自己的立場和難處，往往責備學生就會有比較好的效果。

但她不知道會產生這麼爆炸性的效果……而且好得太過頭了。

在他們這樣找虐了兩個月，某天，她經過試煉大廳（團隊排行競技的刷卡等候處），看到開心心被個男生堵著，說了一堆意淫的污言穢語，是個人就會忍不住。

但該死的，修羅殿禁殺，卻沒有禁污言穢語和性騷擾。

她上前，卻瞠目看著笑吟吟的開心心，凶猛的揮下手底的法典，直接痛毆在那個混帳的臉上，翻手又拿法典重擊了那傢伙的咽喉。

不好！許多人沒有仔細閱讀過修羅殿的法約就簽了……系統警告不是攻擊一次就記一次，有許多苛細的規則。像這樣連續攻擊會被系統大神判定惡意，是三次系統警告，再出擊一次就會犯滿被驅除出修羅殿，積分歸零，甚至會被判失去積分資格……

也就是說，連戰隊都不用打了，管妳是職業或業餘。系統大神這部分是萬分嚴酷的。

但更讓她傻眼的情況發生了。

開心心打了那兩下，轉身就走，一面規避對方反擊的最大傷害，一面替自己補血。結果那個性騷擾的混帳，突然從試煉大廳消失，系統公告該名玩家褻瀆修羅殿的神聖，所有積分歸零，禁止進入修羅殿。

眾人大譁。這一切都發生得太快，誰都沒搞清楚狀況。

「副隊長。」開心心看到她，笑咪咪的迎上前。

「……妳仔細閱讀過法約？」望日有些複雜的看著這個半年前愛哭內向的女孩子。

「拍過廣告後，老有人愛說些……總不能一直讓啦啦和秋月替我擋。」開心心笑得有些羞澀，「其實我不該打他第二下的。這樣整個禮拜的額度都沒有了……實在他說得太過火。不過隊長真的很厲害喔！去單排團隊排行競技被雷久了，就會變得厲害一點。」

「……是呀。」望日浮出微微的笑容，有些滄桑的。

這其實是一種利用規則，誘人犯罪失格的手段。她之所以會很清楚，是因為在成為全民公敵時，差點被騙到了。要不是她一直都注意著系統警告的次數，早就被掃地出門了。

那次她緊急住手，反過來被人擊殺在修羅殿，那些人以為法不責眾，卻沒想到涅盤狂殺的系統大神非常殺，參與擊殺她的所有人都除格驅除出修羅殿。

就是那次差點被陷害成功，她才會仔細閱讀法約，研究到非常透澈，拿捏住反擊的尺度。

結果這個羞澀內向的小女生，也被百鍊成鋼了。

果然，女人不是只有軟弱那一種面貌。

只是她還是會惆悵，一點點的，惆悵。

＊　＊　＊

揉著痠痛的小腿，望日正在看ＶＯＤ[46]，偶爾暫停回播，然後仔細記筆記。

46：ＶＯＤ，Video On Demand，隨選視訊。可讓用戶透過網路選擇播放內容的視訊系統，可即時播放，也可下載後再播放。

太極拳不像她想像的那麼輕鬆……甚至比健身房的課程還累很多。但的確有助於提升實力，而且在理解中更有所領悟，讓她有了更多的想法和創意。

柔與纏。

現在她已經成為正式的主call，所有的戰術和指揮都由她所出。倒不是她有控制欲……而是雨弓的健康狀況實在不能勞心勞力，每個禮拜天去探望他，太明白他完全是靠藥物和化療撐著的。

他在涅盤狂殺能夠那麼強，實在是基本功太紮實，而且有個發達到匪夷所思的大腦。

但他還是當主力輸出就好了。勞心的事……她也並不是個笨蛋。

只是主call很耗費心神，同時要做出最大輸出，對一個用精神操控複數武器的刺客來說，實在太累了。

在學習太極拳的過程中，她領悟到了一些什麼，所以反餽到涅盤狂殺，讓她開發出新的武器。現在她的披風已經在開心心的幫忙下，改造成繫著細小匕首、宛如繩鏢組成的披風。

這樣的好處是不必完全用精神力浮空操作，而有個媒介，使用柔勁與巧勁就可以有很多組合變化，練熟了，她依舊殺傷力十足，還可以更專注於大局和戰況的應對。

唯一讓她不滿的是，遮蔽力下降很多，逼她打造了一雙覆蓋率最高的長靴……但也只能遮到膝蓋。中印美術風格混合的涅盤狂殺，找不到更保守的裝備了。

結果老有人盯著她膝蓋以上，短裙以下的大腿——所謂的「絕對領域」猛看，連排團隊排行競技都不例外。

她很遺憾不能殺隊友，只好把怒氣都發洩在敵方身上。有次啦啦啦不幸排在她對面，被殺得不成人形，哭訴她實在太殘暴。

「你好歹只死了十次。」望日冷冷的回答，「你其他隊友起碼要乘以三或四。誰讓你不叫他們把眼睛管好？」

「女生少啊……啊唷！」啦啦啦慘叫著摀住手，阻止血泉繼續噴湧。

春花秋月同情的看他一眼。這笨蛋。副隊長的脾氣是爆炭一塊，燃點甚低。自己找虐啊這是……

他很聰明的迴避了副隊長非常吸睛的「絕對領域」，正經八百的提出團隊排行競技的心得報告，對啦啦啦哀怨譴責的眼神視而不見。

兄弟，不是我不講義氣不幫你講話。只是日頭赤焰焰，隨人顧性命啊。他只是個脆弱的詩人，壇不住霸王龍等級的副隊長。

後來他們隊員排團隊排行競技時，都會先等副隊長排進去了，才去刷卡排隊。

誰也不想在副隊長的對面……心靈會受到深刻而嚴重的傷害。

* * *

有的人說「天分最重要」、「再怎麼努力也沒有用」，其實只是藉口而已。雨弓默默的想。

很多人都以為**skywalk**是天才中的天才，他是有天分沒錯……卻沒人注意到他有多努力。只要能提高獲勝的機率，他怎樣艱苦的訓練都熬了下來，誰也沒能比他自主訓練更多更久。

小望日有天賦，但她憑著憤怒當燃料，下過苦心，而不是坐在那兒怨天尤人。

連這群小笨蛋都證明了，天分不夠無所謂，努力就會有回報的真理。不管是多麼微小的進步，一點一滴的累積，終究會脫胎換骨。

我的隊伍。漸漸蛻變進化的隊伍。

輕輕的敲門聲，讓冥思中的雨弓醒過來，忍不住微笑。「小望日，鑰匙都給妳了，還敲門做什麼？」

抱著一盆玫瑰的望日皺眉，「這是禮貌！跟有沒有鑰匙沒關係。」

撐著臉的雨弓笑得更深一點。這就是現實裡的小望日。有點壓抑的狷介。連喜歡的花都是近乎黑的紅，台語叫做「黑豆紅」。

現在她就抱著暗沉近黑的紅玫瑰，襯著一身淺藕色的連身洋裝，成為最惹眼的焦點。

「可以放在你的花園嗎？」望日問，「我那兒陽光不足。」

「叔叔的家就是小望日的家，幹嘛這樣問？太生疏了，叔叔好傷心。」

望日的臉立刻漲紅，「你、你去……不理你了！」

結果還不是把玫瑰放在落地窗外，讓他一眼就能看到。還去泡了一壺紅茶遞給他。

說好的「不理你」呢？

但雨弓沒去逗她，只是笑笑的接過紅茶，啜了一口，推開桌上大疊的書，清出位置放紅茶杯和茶壺。

「這些是啥？」望日幫著整理，順口問。

「微積分。自修中。」

這時候的小望日真是可愛。眼睛張得大大的，一臉錯愕，習慣性抿緊嘴角的壓抑不見了，微微張著嘴。她本來就是氣質取勝的女孩……別開口的話。但那種老師氣質一消失，不怎麼出彩的臉孔出現那種無辜的愕然……

很讓人憐愛，卻也很想欺負她。

要忍住這種衝動真不容易。摀住嘴忍笑的雨弓想。

「……為什麼突然想要看這種天書？」望日皺緊了眉。她對數學十二萬分之無助，所以她選擇了軟體應用而不是寫程式。

「開始的時候的確像天書。」雨弓閒然回答，「但理解了規則就很簡單。當然體力訓練是比較容易……但現在只能鍛鍊腦力了。自修微積分是挺好的方式。」

沉默了好一會兒，望日低聲，「……為了勝利，你什麼都肯做是嗎？」

「我討厭輸的感覺。」特別不想輸給Nimbus。但他不想繼續這個話題，「對了，這幾天戰隊團練我要請假。」

「我們禮拜五有比賽！」望日更訝異了。

「比賽前我會回來。」看著望日的不解，雨弓笑意更深，有一點點邪惡，「沒辦法嘛，小望日快贏過叔叔了，不趕緊去祕密特訓……真輸給小望日，叔叔面子往哪擺？」

「說瘋話。哪裡贏了啊?!還不是被電得體無完膚……」

「衝動的小望日都比叔叔成熟冷靜……這輸好幾條街了。嬸嬸能忍，叔叔也不能忍啊。」

「哪來的嬸嬸啊?!梗不要亂用好嗎？」

雖然激怒她的時候比較多，但她還是陪伴了雨弓一天。天色將暮，她要回去時，欲言又止的回頭。

「……不要太逞強喔。」她轉頭，「別送了，風大。也不要太勞心知道嗎？微積分很殺腦細胞的。」

「嗯。」雨弓淡淡的，「目送比較浪漫，叔叔懂的。」

「浪漫個頭啦！」她穿上薄外套，忿忿的舉步往前走。雨弓倚門看著她。

望日的背影很纖細、柔弱。

平心而論，她容貌不出色，身材也不出色。大約最美的就是那雙筆直修長的腿，但她總是穿著長裙，連身洋裝的裙襬也幾乎遮住小腿。就是……很像個老師，隨時準備春風化雨、有教無類那種。

但沐浴著夕陽光芒而行的她，背影看起來卻沁滿了孤獨的氣味。

很想開口，叫她留下來。很想拂去她孤獨的傷痕味道。

真可惜，他什麼都不能。

他進屋，捧著茶發呆，直到茶完全冷掉，變得苦澀無比。

如果她像愛可，或者以前那些芭比娃娃似的前女友們，那倒好了。可惜……小望日很像年少時的他，卻自律壓抑到有些厭世了，非常死心眼。

而他呢？其實一直都是自私自利的，也沒有真正長大過。說不定，從某個角度來說，死心眼這點也是相同的。

小望日想成就他的願想，他又何嘗不想成就小望日的燦爛。

他戴上眼鏡，翻開厚厚的書本，算著一道道艱深的習題，直到夜深。

雪峰之上。

黝黑邪美的難近母睥睨著心平氣和的雨弓，露出殘忍而感興趣的微笑，「魔劍，這次你不會有那麼好的運氣。即使如此，你還是想挑戰嗎？」

「我真該跟官方抗議了。」雨弓淡淡的，「別人想取得職業任務專屬頭冠隨便打個小癟三就行了，還可以邀拳圍毆。為什麼我的職業任務卻是單挑雪山神女三階段？這不公平。」

「因為你該轉職而不去轉職。系統評估你的實力就是該接受這樣的挑戰。」難近母舔了舔鮮豔如血的唇，迷離渴望的媚眼如絲，「好想看到你的血。強者的血……特別芬芳。」

「以前我都會懷疑，你們到底是啥。從LotR到涅盤狂殺，都覺得ＡＩ高得太不尋常。但現在……我卻覺得無所謂了。」他眼神銳利起來，「你們，就是勉強值得一戰的對手，沒別的。」

「狂妄！」難近母大笑，「但我喜歡！而且夠聰明……許多事情還是不要知道太多得好……」她尖銳的指甲做了個割喉的手勢，「來吧……噴湧鮮血祭祀我吧！」

她漸漸的變形，更黑暗更猙獰，四隻手臂拿著不同的武器，用無數縮小的頭顱當首飾，泛著不祥的黑氣和強烈的威壓。

雪山神女的第三化身，卡莉，時母。

相對渴血得完全失去理智的時母，雨弓卻冷靜得連自己都有些詫異。勝與敗，似乎都不太要緊。

要緊的是……能不能跨過自己的那道檻，能不能打敗昨天的自己。

他不能原地踏步，小望日直追在後，Nimbus不知道更精進了多少。

我可是，永遠在最頂端的電競高手。只有我睥睨眾生的份，區區一個白血病不足以阻礙我的決心和永恆。

「來吧。」他微笑。

已經好幾天沒有雨弓的音訊了。若不是白天傳簡訊時他都有回，望日早就忍不住衝去他家看看了。

現在他上線，就傳個「請假。」，然後就音訊全無。

不知道他到底在搞什麼。望日心底不斷的嘀咕。

但她還是穩下來，督促隊友，靜靜聆聽隊友的心得報告，和看他們自己錄下來的VOD。不要說團隊排行競技鬆散沒有紀律，偶爾也會碰撞出很有創意、匪夷所思的戰略和奇襲。這種經驗非常珍貴，不是團練賽或資料分析就能生出來的。

團隊排行競技除了磨練單兵技巧，還有在隊友發揮失常時設法彌補漏洞，加強反應，這種自主練習是不可或缺的。

雨弓不在，他們特別外聘了一個高手來參與團練，之後開會檢討得失和心得，接著就是繼續排團隊排行競技，望日還多了個分析戰術和如何執行的工作，其實並不輕鬆。

他們進步得很快，但是Nimbus所組成的「風雲」，也以「世界電競聯合俱樂部」的旗幟加入了職業聯賽，表現得異常亮眼。

「風雲」網羅的幾乎都是一些桀傲不馴的個人賽選手，一開始並不被看好。畢竟個人賽和團體賽根本是兩個世界，單兵技巧再好，組織戰術不能執行，只是各行其是的英雄主義，只會導致贏了人頭卻輸了比賽。

但Nimbus的組織力真是令人刮目相看。簡直是倉促成軍的「風雲」，卻意氣風發的展現強悍的單兵技巧和組織性，高歌猛進的連勝中。

望日承受了很大的壓力。因為Nimbus的戰術應用實在太巧妙而無跡可循，想用智商完爆風雲變得非常困難。

果然是繼skywalk之後，統治LotR多年的王者Nimbus。

我該問雨弓怎麼辦嗎？望日有些氣餒的想。但也只有一瞬間，她就豎起英眉，重看風雲的比賽VOD。

我答應過的。我答應雨弓，一定會贏的。不會有完美無缺的隊伍，絕對會有能攻破的弱點。

當初接過主call的位置，不就是希望雨弓不要太勞神嗎？而且雨弓信賴我。

這裡是涅盤狂殺，不是LotR。

我們對遊戲核心的理解，不會弱於Nimbus。

等她稍微有點頭緒的時候，禮拜五，疲憊而憔悴的雨弓，捧著繁花羽冠歸來，淡淡的笑，高傲而自滿。

「……離比賽只有半個小時了！」望日強壓住內心的不忍，大聲的說，「你這個樣子……」

「夠了。」雨弓閉著眼睛，收起繁花羽冠。「讓叔叔休息一下……放輕鬆點，今天又不是跟風雲打。而且叔叔什麼時候……讓小望日失望過？」

「你為什麼總是要這麼逞強?!」望日真的生氣了。

「因為叔叔這樣，才覺得自己不是活死人。」他閉著眼睛，很快的睡著了。

的確，雨弓被搖醒上場時，給敵方一個震撼教育。應該說，整個雪山飛狐，都脫胎換骨似的，讓敵方實實在在的上了一課。

完完全全是單方面輾壓，以前針對明顯弱勢的坦補戰術卻失靈了。雪山飛狐像是被驚醒的鐵甲獅子，以前只有銳爪的大劍師刺客，現在卻展露了嗜血獠牙般的雨弓，毫無懸念完爆了原本排行第三的隊伍，澈底的一面倒，沒有絲毫拉鋸。

但是望日卻非常火大。

「你花那麼多天去做職業任務，上場卻不戴繁花羽冠?!你到底是做來幹嘛的啊?!」

繁花羽冠是魔劍特有的職業裝備，職業任務都是地獄等級的困難，可以想像繁花羽冠的強大之處。但他依舊額帶上場，根本沒有使用。

「叔叔不喜歡欺負小朋友。」雨弓似笑非笑的，「讓他們一個裝，我以為不會電得太難看……誰知道他們這麼不堪電。不知道心靈會不會受創……叔叔太強也是沒辦法的。」

「你夠了！」望日實在忍不住，「這季節已經沒有水仙花了！你不要cosplay的那麼反季節！」

「小望日，叔叔這是實力，不是自戀。」雨弓笑得很驕傲，整個神采飛揚。

「……我猜你辭典裡缺字得厲害，只要跟謙虛相關的都缺字掉詞！」

「小望日果然是讓叔叔教導久了，刮目相看呢。」雨弓故作驚訝，「這樣都被妳發現了。」

望日覺得，之前為雨弓擔心真是太不值得。現在她不但覺得自己的肝傷得很澈底，腦血管也很危險。

「請你不要跟我講話了。」她氣憤的轉身要出去，繩鏢披風飛揚。

「從背後看，小望日的『絕對領域』更讚。」雨弓笑得有些邪惡。

要不是看戲看得津津有味的隊友驚醒，開心心抱住望日，啦啦啦和春花秋月拉著望日的雙手，恐怕他們的主call兼主力輸出的大劍師刺客就要因為五次系統警告犯滿，被掃地出門，就這麼沒了。

罪魁禍首的雨弓卻笑咪咪的，對望日的暴走表示愉悅。

在沒有換人的狀況下，雪山飛狐從六成勝率的隊伍，突然高歌猛進到七成九，實力猛竄一大階，躋身於年度總決賽八強之內，和全勝的新秀風雲並列第八。

在數十支職業隊伍中脫穎而出，雪山飛狐是唯一純粹的台灣隊伍，在涅盤狂殺中是非常特別的存在。

當然啦，壓力特別大。直到他們進入八強才被國人視為代表隊，什麼台灣之光之類的。可壓力大的只有啦啦啦和春花秋月，開心心只是單純喜歡這個戰隊，副隊長望日對勝負基本上依舊處於狀況外，驕傲自大又水仙的雨弓什麼大場面沒見過，根本不在乎鹼民或酸民的褒貶。

不過身為隊長，他還是勉為其難的安撫了一下啦啦啦和春花秋月，「什麼台灣代表隊……沒那回事。我們又沒受政府贊助，贊助我們的是Fierce wind。唯一有立場靠北我們的只有Fierce wind，其他人沒資格，更不用管他們說什麼屁話。」

結果啦啦啦和春花秋月居然就被安撫下來了。

望日很納悶。奇怪這兩個男生雖然滿爛好人的，卻不得不說還挺man。為什麼遇到雨弓就從man變成M，還是抖M，真是理解不能。

還有雨弓這個超級抖S的個性到底是怎麼養出來的……難道只能歸功於基因？

坦白說，奪冠不奪冠的，望日沒什麼大的興趣。因為八強賽是一場定生死，勝的升階打四強，輸的就落入敗部決定四強後的名次，完全屬於涅盤狂殺的剽悍風格，成王敗寇，而且把運氣當作實力的一環。

獎金很高沒錯，Fierce wind更大手筆的承諾了獎金都給他們均分。但她對自己隊伍的實力有很深刻的認識。除了她和雨弓，其他人的確初具職業級的水準，但還有很大的進步空間。

他們的強項是用戰術彌補單兵技巧的不均衡，但也面臨被研究得很透澈，而且仿效得更好的處境。

所以她的目標一直都不是奪冠，而是信守承諾，打敗Nimbus領軍的風雲。

這一天，和風雲決戰的這一天，向來準時的像鬧鐘一樣的望日居然遲了半個小時上線，她卻沒有解釋，只是簡單的再重述了一次戰術，並且確定所有人的裝備。

雨弓也沒有問，只是靜靜坐著。這次他穿著職業專屬的繁花羽冠，穿著開心心縫製的雪白戰袍……宛如東方風的神祇。

繁複多采的花朵，卻是偏素淡的粉色。額冠延伸到鼻尖，像是個半面具，遮蔽了大半的容顏，薄酒紅的眼睛在陰影下熠熠生輝。花冠裝飾著白羽，後面的白羽更是長得幾乎委地。

魔劍其實是玩家間的簡稱，真正的職業名稱應該叫「劍舞者」，基礎設定是祭神時，互相廝殺用鮮血和戰意祭祀神靈的輔祭。所以防禦和血量兩低，攻擊力卻爆高，職業專屬頭冠會那麼華麗。

（照綠方的粗略設定，修羅為「神敵」，是天界神族的敵對方，修羅斥責神族為「偽神」，他們真正崇拜祭祀的神靈屬於自然精靈而非天界神族。）

他平靜的看著望日整裝，一一檢點武器。額頭的梵文刺青嫣紅如血，繩鏢披風微微飄蕩，匕首相碰撞時發出很輕很輕的玲琅聲。

望日提出的戰術，讓他很讚賞。研究Nimbus的戰術其實沒有什麼意義，因為他本身就以難以捉摸見長。相反的Nimbus一定把他們研究到熟爛。

只要一被遠偵到，就幾乎知道雪山飛狐會怎麼起手，要怎麼打。

所以，雪山飛狐啟動了成軍時最初的古老戰術：直接從中路急行軍，留下一個刺客斷尾。

只是那次，領軍的是雨弓，斷尾的是望日，現在只是反過來而已。

但出發沒多久，身為千目的啦啦啦臉色變了，「敵方從中路直行。」

雨弓沒有說話，瞥了一眼望日。她只頓了一下，「雨弓歸隊，繼續前進。」

Nimbus居然和她不約而同的採取了相同的戰術。現在規避或更改都太晚了，不管是防守還是擊殺野怪都失去了先手。唯一還有機會的，就是正面團戰。

於是，他們在中路中間正面相對，誰也沒先動手，對峙著。

薰風呼嘯而過，兩個魔劍的繁花羽冠都隨之飄蕩。白羽白袍的雨弓，和黑羽黑袍的Nimbus，像是兩個鏡像，相似又極度歧異。

繩鏢披風飛舞的望日低語，「我們不會輸，所以你一定要贏。」

「哼哼。」雨弓微微冷笑，「小望日，只有叔叔俯瞰的份……其他人、任何人，只能仰望我。」

「……死水仙。」望日爆起繩鏢披風，硬性切割的突進對方陣中，又倏忽而退，逼敵方先應對她，啦啦啦和春花秋月接應，開心心已經開始吟唱治療天籟。

如她所預料，Nimbus沒有加入團戰，眼中只有雨弓。

雨弓眼中也只有Nimbus。

來吧，老友。讓我們正面對決。雨弓沁起一個傲慢又微帶感傷的微笑，眼中卻燦出狂喜的戰意。

我們一直都並肩作戰，從來沒有公開交手過。現在，我和你，真正的對決吧！用過往所有的恩怨情仇當燃料，狂燃到你或我成為灰燼為止。

你和我。你的隊伍和我的隊伍。奏起狂舞終樂章吧！

幾乎是同時揮下劍，又同時迴劍防禦。兩個魔劍的交戰，優美而殘酷，不斷的噴濺血花，像是現身說法的演繹「劍舞者」的自我獻祭，忘我到神聖的領域。

這場比賽令人目瞪口呆，現場看的觀眾幾乎要暴動，主導鏡頭的導播也快哭了。以前團戰的概念就是大家集合在一起打一波，鏡頭專注在那兒就好。現在卻整個四分五裂，不要說兩魔劍華麗燦爛的終極對決，雪山飛狐三保一，大劍師刺客一挑四，邊拉邊打瓦解團體控制技和範圍攻擊同時反控，風雲那四個都是個人排行的前十大，美技連發的極限演出，結果把戰場拉了半張地圖，鏡頭都不知道該擺哪才好了。

動。

觀眾鼓譟得震天響，最後緊急抓了兩個導播搞子母畫面才勉強平息了觀眾的暴

結果令人意外又不意外，擔任主call的望日硬把戰場拖到敵方的城門口，依靠開心心的高補血量和神走位，硬頂著四大高手的圍毆，讓啦啦和春花秋月強破城門，奮起最後的大絕自爆，在其他隊友陣亡之後與敵方同歸於盡。

全場唯一站著的，只有幾乎空血的雨弓。其實他和Nimbus勢均力敵，換血並沒有輸贏。只是他最後一次閃過了Nimbus的法術，賭很大的疾刺封喉，運氣爆表的沒被Nimbus反擊死，而是讓他先倒下。

白袍花冠濺滿了嫣紅的血，自己的和Nimbus的。

所有的人屏息靜氣看他踽踽獨行，一路血跡滴滴答答，穿過已經破壞的城門。三下就破了主城大廳的門，一劍揮舞爆了靈魂熔爐。

雪山飛狐勝出。

在場的觀眾安靜了好一會兒，突然爆出非常響亮的喝采和口哨聲。這是一場很短，卻精彩異常的比賽，極富戲劇化。

但是主播上前逮人的時候，雪山飛狐的隊長和副隊長又火速下線了，讓主播很悶。

望日睜開眼睛，有幾秒還有點迷糊。

是了。她把夢境系統調整到最速時間，所以會有點不適應。而且又不是自己的感應艙。

聽說上個世紀流行過一種「太空艙旅館」，事實上就是非常狹窄的上下鋪小床位，不是真的太空艙。但現在因為全息遊戲的流行，也開始有了「感應艙旅館」。

這得拜華雪的遊戲群概念所賜。即使遊戲不同，但感應艙是相同的，所以遊戲群中可以短暫互轉的旅行（去別的遊戲世界玩），也可以永久互轉的歸化（轉去別的遊戲世界）。

當然，這些都需要額外付費。一開始華雪開啟第一個全息遊戲「曼珠沙華」的時候，遊戲群還停留在概念階段，導致第二個開服的「地獄之歌」還是軟硬體包在一起的販賣感應艙。一直到「涅盤狂殺」開服後，才真正完全的確立了「遊戲群」，並且因應感應艙笨重、搬運困難加以改進，鼓勵用很低的價格舊艙換新艙，而新的感應艙有張ＩＤ卡和相對應的卡槽。

ＩＤ卡可以輕易取出攜帶，讓你在任何新式感應艙裡使用。雖然造成了一些意外——夫妻或男女朋友吵架毀掉對方ＩＤ卡洩恨——但視網膜指紋掃描等等的多重保障，還是讓原本「盜帳號」、「代打」的疑慮泯滅了，更增加了遊戲黏著度和感應艙旅館的盛行。

畢竟全息網遊流行之後，已經成了許多人不可或缺的一部分。現在可以帶著ＩＤ卡安心出差或旅行，依舊可以登入自己的遊戲帳號，不用綁定在笨重的感應艙上面。

望日早就知道有ＩＤ卡這玩意兒，但從來沒有使用過。所以今天晚上才會遲到……畢竟不是自己的感應艙，還有一些習慣設定要微調，連登入都有點笨手笨腳的。雖然已經提早出門到旅館了，還是遲到了半個小時。

她坐起來，衣裝整齊的，只要穿上鞋子就可以了。拿起桌上的車鑰匙，退出感應艙內的ＩＤ卡，快速卻步伐穩定的搭電梯到地下停車場，走向她租來的車子。

不到五分鐘，她已經開到雨弓的家門口，這傢伙……永遠不鎖院子門。她奔過花園，熟練的掏出鑰匙開門，快步走到雨弓的感應艙旁邊。

雨弓微微張開眼睛看她，閃過一絲訝異，隨即苦笑，張了張嘴，卻沒有一點聲音。

「我就知道。」望日嘆氣，「你們男人就是……哎，懶得念了。」她扶起雨弓，熟練的找出急救用的藥先給他壓一下，想要背他，卻被無聲而驕傲的拒絕，顫巍巍的抓著望日的胳臂，使盡力氣站穩。

望日無言，將他的手臂拉過來，環著她的肩膀，半拖半扶的走過花香迷離的院子，將氣喘不已的雨弓扶進助手座，上了安全帶。然後發動車子，開向醫院。

其實她考到駕照後，很少開車。自從答應雨弓一定要戰勝的那天起，她又去駕訓班報路訓，把開車的手感找回來。

不知道是雨弓將她教得太好，還是她太了解雨弓……或許兩者皆是。所以她一點都不意外……或者說，都在她意料之內。所有的對應流程，她都如戰術分析般仔細整理過了，目前執行得還算完美。

最少送急診室後，沒有發病危通知書，只是直接轉加護病房而已。

＊　＊　＊

雨弓在漫長而艱困的夢境裡跋涉，最美好和最痛苦的回憶破碎的交織在一起。最後他夢見戰勝了Nimbus，心裡卻只有迷茫，沒有半絲喜悅。望著指端的血，和倒在地上、繁花羽冠半碎的Nimbus，那種惘然更深到刻骨銘心。

後退一步，卻是萬丈深淵，墜落。

但Nimbus卻抓住他的手臂，俯瞰著。繁花黑羽散盡，露出來的卻是望日帶點壓抑和容忍，皎潔的臉龐。

「懶得念你了。」小望日很無奈的說，「快回來吧。」

於是他醒了。

消毒藥水、雪白床單。熟悉得幾乎厭煩的，醫院的味道。困難的轉頭，看到望日撐著臉，閉著眼睛。即使打瞌睡，也是坐得挺挺的，長裙柔順的遮到足踝。

她突然睜開眼睛，和雨弓四目交接。好一會兒，沒有人說話，只有沉默無盡的瀰漫。

雨弓張口，雖然沙啞得厲害，但很欣慰還有聲音，「小望日，我不是妳爸爸。」

望日變色，以為她會勃然大怒，她卻深思，露出悽楚而平靜的神情。「養養神吧，拜託。都快沒命了還想跟諸葛孔明看齊？思慮太甚傷壽命好不？我當然知道你不是我爸爸。」

沉澱了一會兒，望日才又慢慢開口，「是的。不只一次，我希望我早點知道，最少努力嘗試過把爸爸救回來，而不是……總之，你懂我意思的。我想做些什麼，而不是只坐在那兒無助的等消息。」

「我什麼都不能給妳，隨時都可能會死。」雨弓的聲音更嘶啞破碎。

難得自戀到無藥可救的水仙花叔叔露出這樣脆弱無助的神情，望日反而覺得更難過。

「棺材是裝死人的，不是裝病人。我爸可健康得要命呢。」她別開頭，「什麼嘛，你明明說我隨時可以去你家玩，想說話不算話？別想。」

「……值得嗎？」雨弓的聲音更低。

「我沒有其他想做的事，也沒有其他想見的人。」

這次的沉默更久更窒息，幾乎聽得到自己心跳的聲音，有氣無力的拍子，卻一下堅持過一下。

「為什麼不阻止我？」他打破沉寂。

望日詫異的望著他，「為什麼要阻止你？」她想了一下，「或許阻止你，你不會又住院了……是嗎？但我不覺得這樣你會比較快樂。男人就是這樣啦，不管年紀多大，都是追夢的小孩子。」

就像追逐知識的爸爸，和追逐勝利的雨弓。他們的夢想都很好，在她眼中。雖然多少有點幼稚和無聊……但依舊是很可愛的夢想。

他們追夢的神情都那麼神采飛揚，意氣風發。她喜歡他們的眼神，所以會寬容而支持的看待。

或許她給自己取名為「望日」，還有第三重意義。看望守護燦爛如陽者。

只有這種人才能真正的吸引她。

後來因為雨弓住院，系統大神接受了醫院開出來的診斷書，允許他們不出賽，直接成為第四名，沒有失去資格。

當然輿論大爆炸，台灣論壇和各大討論區簡直完全失去理智，粉絲團可比挨了核彈，各種鍵盤分析師和鍵盤人生規劃師巴不得幫他們重整整個隊伍。

雨弓挨的流彈最多，恨不得立刻把他踢出隊伍。有些ＩＤ還特別熟悉，就是在與風雲一戰時，歌功頌德得令人起雞皮疙瘩，可以的話都想把雨弓拱上神明桌早晚三柱香的那幾個。

記性太好也不是好事。總是能看到人類最朝三暮四、反覆無情的一面。

那麼想要「台灣之光」，自己去逼政府養一支國家隊啊。還有不許人生病、非有超強板凳球員隨時救援？神經。

隊友和贊助商都沒意見了，你們這些路人在人吃麵時喊啥燒？

Fierce wind不但沒意見，老闆都親自來探病順便續約兼調漲贊助費。老闆身為一個深度雪山粉，對雪山飛狐的表現已經滿意到不能再滿意了。作為一個精明的生意人，雪山飛狐造成的廣告效益真的是太驚人了，整個華人市場沒人不知道Fierce wind

這品牌。

而隊長因病不得不退出四強賽，在他眼中看來更不是壞事。這理由再正當也沒有，而且留下一個懸念。直接打還不知道能不能打上去呢，這麼理直氣壯的直接留在第四名，反而更引人注目和期待。

畢竟淘汰掉風雲那一戰實在太精彩、太令人難忘了。他花了筆不小的數字跟華雪取得影片引用權，又做了支廣告，反應熱烈轟動得破表。

這就是為什麼人家是大老闆，酸民只能躲在螢幕後面當酸民的主因。望日不無感慨的想。

之後雨弓出院，原本只有禮拜天會去探望的望日，來得更頻繁些，有時一個禮拜來個三、四次。

雨弓只是淡淡的笑，依舊有些惡作劇的捉弄她，以欣賞她的暴跳如雷為樂。

一切似乎跟之前沒有什麼不同。

直到有一天，雨弓說有點事，要望日跟他去華環。她以為是有什麼艱難的任務，很爽快的跟去，結果雨弓又帶她走很遠的山路，去看那如龍奔騰般、氣勢萬千的入海之虹。

明明已經看過了，但受到的震撼依舊一模一樣。以至於雨弓牽著她的手時，好一會兒她才意識過來，僵住了。

心跳好快。

「這是叔叔第一次主動牽女孩子的手呢。」雨弓一臉感慨，「以前都是女孩子主動牽叔叔的手……小望日真是太不機靈了。」

「誰、誰想牽你的手?!」她的臉紅得幾乎燒起來，「放手！」

雨弓是笑著放手了，卻俯身抱住她，在她耳邊很低很低的輕語，「哦，這樣？」

心跳得太快。

「別、別鬧。」堂堂大劍師刺客，現在膝蓋卻有點發軟。

「我很認真。」雨弓很輕很輕的笑，「只要小望日願意，叔叔剩下的雖然很少，但全部都給妳。」

薄雲若紗飛，如龍燦亮蜿蜒的虹，擁抱著她的雨弓。

望日不再僵硬，頹下肩膀，抱住了雨弓的腰，眼淚一滴滴的掉下來。

或許將來會傷心吧。當她再去探望雨弓時，憔悴瘦弱的雨弓笑著迎上來，牽住她的手時，望日默默的想。

可能比爸爸過世時更傷心，可能。雨弓又買了一個感應艙，故作不經意的說，小望日偶爾可以來過夜時……她默默的想。

但是，這裡，就是想去的地方。雨弓，就是她想見的人。是，這就是她最大的願望。

「我需要放衣櫃和書櫃的空間，你能騰給我嗎？」望日說。

「叔叔的一切都給妳，妳喜歡放哪裡就放哪裡。」雨弓氣定神閒的說。就這樣吧。

「我回家可能會很晚，搭捷運也是滿久的。」

「叔叔會一直等著小望日。」

那就這樣吧。

「你會很煩喔，被我管頭管尾的。」望日安靜了一會兒，「明年我想拿冠軍。」

「何止明年的冠軍？」雨弓傲慢的昂首，「我的隊伍呢。來年所有的冠軍，都是我們雪山飛狐的囊中物。」

……或許她搬來的時候，應該順便再抱盆西洋水仙花過來。

（望日全文完）

相關系列：

蝴蝶館41《瓊曇剎那》：醫君與妖界三十一國的故事

蝴蝶館42《曼珠沙華》：隔壁棚之一神民傳奇驕華與雁暹的故事。以及隔壁棚之二又黑又甜的〈地獄之歌〉。

蝴蝶館50《墮落聖徒行歌》：「地獄之歌」冥道主侍徒們的故事

蝴蝶館60《Seven》：「曼珠沙華」再創神民傳奇的不可思議七人（？）公會的故事

作者的話

其實我一直想用「白血病」這個梗，哪怕這個梗已經老到不行了。

只是我還小的時候，這個應該很好發揮的梗所創的小說或連續劇，總有種說不出來的微妙失望感。這種微妙失望感一直延伸到成年，越看越不耐，實在很想大吼「閃開！讓專業的來！」

但終究我還是只在言情小說中寫過一次，還是應編輯的要求寫的，自己也沒有很滿意。

可當時我還不知道自己到底在失望什麼、不滿些什麼。

只能說，許多事情都是隱約沉默在潛意識中。直到我自己經歷了許多，得了三重不可能痊癒的疾病，我才真正的明白那種微妙的失望感來自哪裡。

病人，還是人。疾病或許摧殘肉體，但病人並不是軟弱無助的傢伙，疾病也沒強悍到能摧毀一個人的本質。

就算得了絕症，也不至於只剩下悲劇的餘生吧？

反正，許多讀者都已經覺得，我是個定型化的作者了。什麼老不老梗的，也就不必介懷，那就寫吧。

所以我設定雨弓時，就使用了這個白血病的梗，而且很理直氣壯的。

會寫《望日》，當然是有種種原因。我這兩年的身體的確如江河日下了……哪，其實也不意外。大陸起點的作家寫掛了一個，我們台灣的插畫家德珍猝逝了。簡單說就是等價交換原則，太早把自己性命燃燒掉，結果就是這樣。

但還很想寫啊，怎麼辦？所以這兩年我盡量不去碰太複雜太龐大的設定，幾乎都是很小品的，或者是有原始架構可支撐，能夠讓我不那麼疲勞的。

剛好那陣子我接觸了LOL，覺得挺有趣，不但看比賽，而且還看實況，並且成了西門夜說的粉絲……我曾經想過要寫戰隊文，所以寫了「某個達瑞斯」……還是兩篇斷頭了。

當然題材不夠熟悉是原因之一，但更多的是，這個題材，不安全。

我不想惹麻煩，更不想讓太多人對號入座然後引發什麼粉絲間的大戰……何必呢？

所以深思熟慮後，我將整個架構想一遍，《望日》就這麼開稿了。

畢竟曼珠沙華遊戲群屬於我，涅盤狂殺也是我首開的設定。雖然當初就想過涅盤狂殺的定位和定義，但當時還不太懂戰隊和電競——我只看過《全職高手》而已。

直到TPA奪冠，我接觸了LOL，開始看GPL和西門的實況，順便在PTT惡補，我才算是有個基本的概念。於是原本模糊的涅盤狂殺，終於豐滿而鮮明起來，能夠動手寫了。

比較可惜的是，限於篇幅，我只能側重於涅盤狂殺的電競定位，不得不放棄更全盤的涅盤狂殺風情——那種上線殺到下線，公會戰、國戰，殺殺殺殺殺殺殺的七殺碑式風格，真的有點遺憾。

但要寫到那麼全面，恐怕就會模糊焦點，然後整個主線都跑掉了。

那就不是我的初衷了。

我真正想寫的，是回歸到我寫網遊的最初，人與人的互動。

但問我《望日》有沒有文本呢？嗯……大哉問。還是有一小部分吧我想。但至於是誰……

才不告訴你呢。

至於雨弓的文本，那就沒那麼神祕了。但也不像某些讀者想得那麼肯定，的確有部分參考了西門的個性，但更多參考的是我過去一個驕傲得宛如孔雀的文友。一個很驕傲卻很有魅力和本錢的男人。一個大英百科全書般的傢伙。

只是我不清楚他的少年時代，所以將西門的某些個性抽取出來加工轉換而已。

寫這篇的時候，我一直在聽周傳雄的黃昏，所以有部分的意境和辭句觸發於此，特此說明之。

至於電競的部分是不是照抄LOL的……我想，應該不是吧。團體競技部分其實還是比較像WOW的戰場，這部分從一開始的曼珠沙華、地獄之歌，除了細部有差異，大原則都沒有改變。接觸了LOL只是讓我對戰隊和電競更有清楚的面貌而已。

這幾年雖然記憶衰退很多，但也沒失憶到把自己的設定給忘記了吧？

希望這樣的說明能讓讀者更能了解。

當然，我也明白。這類的網遊文對讀者來說，會有一部分的讀者覺得很傷心，因為看不懂。

真是個任性的說書人啊……的確該強力譴責。

但是對不起，我就是這麼任性。就像有首不得不唱的歌，哽在喉頭非常痛苦，我不得不發聲，不得不把心弦撥動的旋律唱出來，這樣，我才會覺得舒服一點。

不過，在網遊文幾乎還是絕響的時代，我就寫了甜蜜online了，我想讀者應該還能容忍吧？

對於一個天橋下說書人，真的不要抱太多期待了。

《望日》我寫得很開心，兩個主角我也很喜歡。我畢竟，還是喜歡人類多一點。我喜歡寫人與人邂逅、並肩同行的故事。

就是比恐懼人類還多一點……我，喜歡人類。

這是我終生無解的矛盾啊。

今年我作品的數量應該還是比較少，畢竟……責任未盡。或許暑假過後會比較多吧……希望。

期待還能在下一本書，與諸君相逢。

蝴蝶 2013/3/31

國家圖書館出版品預行編目資料

望日　/ 蝴蝶Seba著. -- 二版.
-- 新北市 : 雅書堂文化, 2021.01
面 ;　公分. -- (蝴蝶館 ; 61)
ISBN 978-986-302-568-9 (平裝)

863.57　　109019716

蝴蝶館 61

望日

作　　者／蝴蝶Seba
發 行 人／詹慶和
執行編輯／蔡毓玲・黃子千
編　　輯／劉蕙寧・黃璟安・陳姿伶
封面插畫／PAPARAYA
執行美編／陳麗娜
美術編輯／周盈汝・韓欣恬

出版者／雅書堂文化事業有限公司
郵政劃撥帳號／18225950
戶名／雅書堂文化事業有限公司
地址／新北市板橋區板新路206號3樓
電子信箱／elegant.books@msa.hinet.net
電話／（02）8952-4078
傳真／（02）8952-4084

2021年01月二版一刷　2013年7月初版　定價250元

經銷／易可數位行銷股份有限公司
地址／新北市新店區寶橋路235 巷6 弄3 號5 樓
電話／(02)8911-0825
傳真／(02)8911-0801

蝴蝶
Seba

蝴蝶

Seba

蝴蝶
Seba

蝴蝶

Seba